CARTE DE L'OUEST

au temps de Louis Goulet

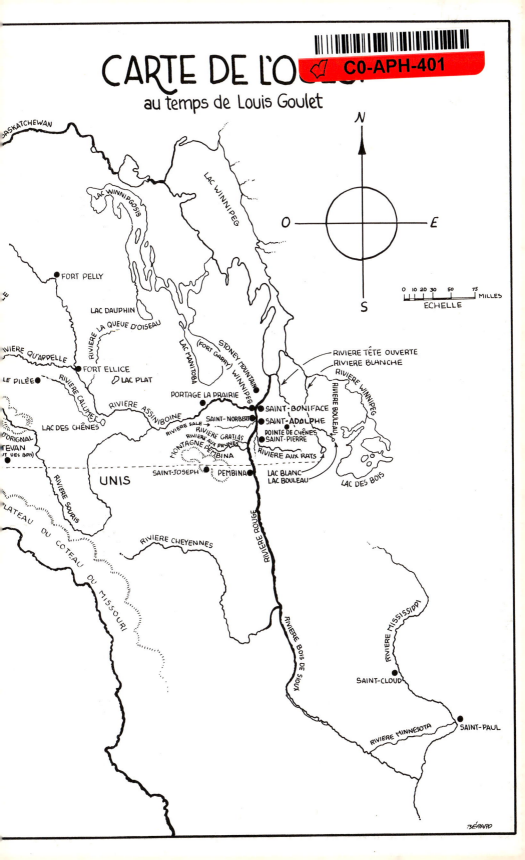

SASKATCHEWAN

LAC WINNIPEGOSIS

LAC WINNIPEG

N

O — E

S

0 10 20 30 50 75 MILLES
ECHELLE

FORT PELLY

LAC DAUPHIN

RIVIERE LA QUEUE D'OISEAU

RIVIERE QU'APPELLE

RIVIERE CALUMET

FORT ELLICE

LAC PLAT

RIVIERE LA QUEUE D'OISEAU

STONEY MOUNTAIN
(FORT GARRY) WINNIPEG

LAC MANITOBA

RIVIERE TÊTE OUVERTE
RIVIERE BLANCHE

RIVIERE WINNIPEG

RIVIERE BOULEAU

LE PILÉE

D'ORIGNAL
TEVAN
(...T DES BOIS)

LAC DES CHÊNES

PORTAGE LA PRAIRIE

RIVIERE ASSINIBOINE

SAINT-NORBERT

RIVIERE SALE
RIVIERE GRATIAS
RIVIERE AUX PRUNES
MONTAGNE PEMBINA

SAINT-BONIFACE
SAINT-ADOLPHE
POINTE DE CHÊNES
SAINT-PIERRE
RIVIERE AUX RATS

LAC DES BOIS

UNIS

SAINT-JOSEPH

PEMBINA

LAC BLANC
LAC BOULEAU

RIVIERE SOURIS

RIVIERE CHEYENNES

PLATEAU DU COTEAU DU MISSOURI

RIVIERE ROUGE

RIVIERE BOIS DE SIOUX

RIVIERE MISSISSIPPI

SAINT-CLOUD

SAINT-PAUL

RIVIERE MINNESOTA

BÉRARD

L'ESPACE DE LOUIS GOULET

GUILLAUME CHARETTE

L'ESPACE DE LOUIS GOULET

EDITIONS BOIS-BRÛLÉS
301—374, rue Donald
Winnipeg, Manitoba
1976

5

Il est interdit de traduire, de reproduire
et d'adapter cet ouvrage, en tout ou en partie,
sans l'autorisation écrite de l'éditeur.

Copywright, Ottawa 1976

EDITIONS BOIS-BRULES

Winnipeg, Manitoba

Composition typographique: les ateliers de
LA LIBERTE
Saint-Boniface, Manitoba R2H 3B4

Imprimerie
D.W. Friesen & Sons Ltd.
Altona, Manitoba R0G 0B0

Standard Book Number 0-919212-95-6

REMERCIEMENTS

A Monsieur René Toupin, ministre de la Culture et des Loisirs du Manitoba, pour l'appui financier, sans quoi cette publication n'aurait pas été possible.

A Madame Agnes Charette qui nous a aidés à retrouver les manuscrits de son mari et qui nous a autorisés à publier.

Aux archivistes de la Société Historique de Saint-Boniface; du journal La Liberté; de la province du Manitoba; de l'Union Nationale Métisse; de l'hôpital des Incurables, à Portage-la-Prairie.

A l'équipe de la recherche et de l'édition: Fernando Champagne, Barbara Bruce-Linnemann, Lucile Clément, Bernard Carrière, Adam Cuthand, Normand Tellier, M.-J. Ragot, Doreen Onofriechuk, Simone Charette, Rossel Vien, Noëlie Pelletier, Réal Bérard.

PRÉSENTATION

En 1973, au cours d'un projet de recherches, les cahiers de Guillaume Charette avaient retenu notre attention. Il fut question de publier à ce moment-là, mais le temps et les fonds manquant, nous remettions à plus tard.

Enfin, à l'automne 1975, il nous était possible d'entreprendre la publication d'un ouvrage de Guillaume Charette. Parmi ses travaux, on choisit l'histoire de Louis Goulet, qu'il nous présente dans son avant-propos. Louis Goulet est mort le 26 septembre 1936.

Les Editions Bois-Brûlés ont conservé les canadianismes et les mots indiens qui se trouvaient dans le texte, et éliminé l'anglais à part quelques mots et une dizaine d'anglicismes. Nous avons respecté le style de l'auteur, un style écrit chevauchant le parlé.

Bois-Brûlés est le nom que l'on donnait aux Métis avant la formation de la province du Manitoba. Les Editions Bois-Brûlés, comme la *Manitoba Métis Federation Press*, ont pour but de faire connaître l'histoire, les légendes et la vie des Métis.

"L'Espace de Louis Goulet", c'est plus qu'un cahier de folklore ou de culture métisse, c'est l'histoire d'un homme et d'une époque importante de la vie d'une nation.

Emile Pelletier, éditeur

AVANT-PROPOS

La pensée de publier un ouvrage de ce genre-ci nous fut suggérée dès 1903, à l'époque où la grande moissonneuse taillait à pleine faux à même les rangs déjà mûris de la dernière génération métisse qui avait vécu la vie des plaines. Nous ne pouvions voir un de ces anciens partir pour l'au-delà sans regretter qu'un récit de sa carrière n'eût pas été recueilli pour enrichir nos annales. C'est alors que nous nous donnâmes la tâche de rapailler les biographies des vétérans de l'ancien ordre de choses dans l'Ouest canadien.

C'est une de ces biographies que nous offrons ici telle qu'elle nous est tombée des lèvres du narrateur et que nous avons recueillie par faisceaux de notes sténographiques entre deux touches d'une bonne pipe de hart rouge, comme les anciens métis appellent l'écorce d'une espèce de saule sauvage qu'ils fumaient au lieu de tabac. Ces notes sont transmises au lecteur dans toute leur authenticité.

Dans le récit qui suit, le lecteur ne trouvera pas un mot de fiction. Tous les personnages ont existé, tous ont été connus, bien que le narrateur refuse de faire de l'histoire, il veut raconter tout simplement et c'est tout.

Un seul nom fait un tant soi peu exception; il n'a pas été changé mais pour être fidèle à l'assurance donnée au narrateur nous n'avons pas voulu céder à la tentation d'auréoler le nom de Marguerite Bourbon d'un nimbe à couleur de roman.

11

Louis Goulet a été sans contredit un des hommes les plus intéressants de l'Ouest d'autrefois. Nous nous hâtons d'ajouter qu'en plus d'avoir été raconteur incomparable, il est resté parmi les plus impersonnels, et partant, un des plus véridiques. Quel dommage seulement que nous ne puissions faire passer dans ces lignes la vie même de la langue dont ce héros de nos temps si mouvementés du dernier siècle savait se servir si merveilleusement quand il dévidait l'écheveau de ses souvenirs. Ô ces intonations agrémentées de tours inattendus, d'expressions chantées sur un rythme dont seuls les vieux coureurs de la prairie semblent avoir eu le secret et qui donnait tant d'harmonie, tant de piquant à leurs passionnants récits!

Louis Goulet, en ornant son parler déjà limpide de tournures glanées à même différents idiomes indiens, n'a pas laissé qu'une réputation de beau conteur, il a laissé chez ses contemporains le souvenir d'un voyageur débordant d'ingéniosité. Des témoins boulaires, on ne peut plus dignes de foi, ont affirmé sous serment qu'un soir dans un rixe au Montana, Louis Goulet a bel et bien donné la volée à John L. Sullivan alors que ce dernier était à l'apogée de sa force et de sa gloire de roi du pugilat.

Quoiqu'il en soit, notre narrateur était un très beau type d'homme dont les qualités du coeur égalaient celles d'un physique resté légendaire. Mais, n'anticipons point et laissons-le parler lui-même.

Guillaume Charette

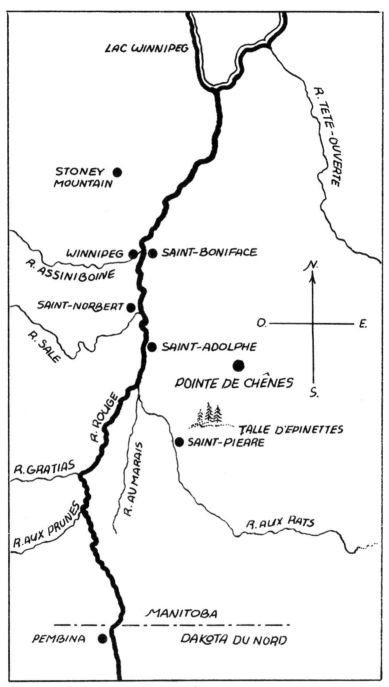

LAC WINNIPEG

R. TÊTE-OUVERTE

STONEY MOUNTAIN

WINNIPEG ● ● SAINT-BONIFACE

R. ASSINIBOINE

SAINT-NORBERT ●

R. SALE

SAINT-ADOLPHE ●

N.

O. —— —— E.

S.

POINTE DE CHÊNES ●

R. ROUGE

TALLE D'ÉPINETTES

● SAINT-PIERRE

R. GRATIAS

R. AU MARAIS

R. AUX PRUNES

R. AUX RATS

MANITOBA

PEMBINA ●

DAKOTA DU NORD

CHAPITRE I

J'ai vu le jour le 6 octobre 1859 à la rivière Gratias. Ce minuscule tributaire de la rivière Rouge, à quelque trente milles en aval de la frontière des Etats-Unis, doit son nom à l'abondance d'une variété de bardane qui croissait sur ses côtes tout au long de son parcours. Les anciens Métis appelaient cette bardane gratchias.

Ma naissance survint alors que mes parents revenaient d'une expédition de chasse au buffalo, qui était partie de Saint-Norbert, à la rivière Sale, pour se diriger vers le Missouri et jusqu'aux falaises qui frangent les premiers contours des montagnes Rocheuses. De là, on avait piqué tout droit vers la rivière Rouge qu'on avait atteinte à son confluent avec la rivière des Cheyennes dans le Dakota du Nord.

Ma naissance arrivait au plus fort d'une mauvaise épidémie qui sévissait chez les nouveaux-nés. Craignant pour mes jours, mon parrain, Marcel Roy dit Comtois, ma marraine, Marguerite Boyer et deux compagnes, mes tantes, montèrent en selle et me descendirent à toute bride à Saint-Norbert pour y être baptisé le même jour par le Père Lestanc, oblat, au lieu du Père Mestre, qui était alors curé de la paroisse fondée tout récemment.

A l'endroit exact où je suis né s'élève aujourd'hui la petite ville de Morris. C'est maintenant un centre agricole prospère, traversé par un embranchement de chacun des réseaux ferroviaires du Canadien National et du Pacifique Canadien ; il jouit en outre de l'avantage de n'être qu'à 30 milles de la frontière du nord des Etats-Unis. Le nom de rivière Gratias a été changé plus d'une fois depuis les derniers cinquante ans. Le nom de rivière Sale l'a été également en celui de La Salle, en souvenir de René Robert Cavalier de La Salle, qui a reconnu la Louisiane et le cours du Mississippi. Les anciens du pays de l'Ouest cana-

POISSONS COMMUNS

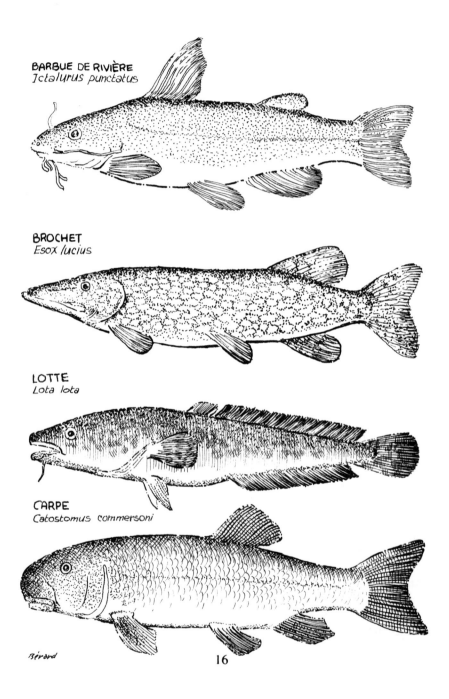

BARBUE DE RIVIÈRE
Ictalurus punctatus

BROCHET
Esox lucius

LOTTE
Lota lota

CARPE
Catostomus commersoni

Bérard

16

dien l'avaient appelée rivière Sale à cause de l'eau fangeuse qu'elle charriait de l'immense plaine marécageuse alimentant la source de son cours. Son embouchure a toujours été l'endroit connu comme le plus poissonneux du pays, où pullulaient à coeur d'été les bancs de carpes, de brochets et de barbues, comme on appelle encore de nos jours la barbotte, une espèce de loche ou lotte dont la chair a de tout temps été fort prisée par les anciens de l'Ouest.

Le Père Lestanc, qui avait succédé au Père Mestre, fut à son tour remplacé le 7 juin 1862 comme curé de Saint-Norbert par l'abbé Joseph-Noël Ritchot, mieux connu dans l'histoire de tout l'Ouest canadien sous le nom de Père Ritchot, tant fut grands son ascendant sur la population du pays, et son influence sur les événements qui ont marqué l'époque de sa cure. Mon père, Moïse Goulet, était le fils aîné d'Alexis Goulet, originaire du Québec. Ma mère, née Marie Beauchamp, était la fille d'une métisse franco-crise du nom de Versailles dont le mari était venu de France.

La famille comprenait huit garçons: Moïse, Roger, moi-même Louis, Alexandre, Joseph, Napoléon, Charles et Maxime. Une fille, Marie, se trouvait entre Alexandre et Joseph, et une seconde fille, Justine, entre Napoléon et Charles. La famille demeurait sur une terre de la rivière Rouge située sur la rive occidentale juste en amont de l'embouchure de la rivière Sale. Notre maison, comme toutes celles de cette époque à Saint-Norbert, était construite de troncs d'arbres habilement équarris à la grande hache et maintenus superposés par des tenons martoisés, comme on disait dans le temps, en queue d'aronde. Elle était d'un étage et demi de hauteur, deux fois plus longue que large et couverte en terre et en foin. La cheminée était de longues perches comme on appelait des brins de bois longs de dix à douze pieds. Ces perches étaient droites et plantées l'une à côté de l'autre, puis bousillées à l'intérieur d'un épais mortier d'argile. Elle servait à chauffer et à éclairer la pièce. Les fenêtres étaient à carreau de peau crue parcheminée qui faisaient leur possible pour laisser pénétrer les rayons du jour et de la nuit, s'il faisait clair de lune; sinon, l'âtre de la cheminée devait faire office à la fois de foyer d'éclairage et de système de chauffage.

La boiserie: cadres, châssis, portes, plancher et ameublement, étaient de fabrication à domicile exécutée patiemment à la main, au couteau croche, soit seul le soir à la maison ou en corvée. Les parents seulement couchaient d'ordinaire dans un lit; les enfants dormaient enroulés dans des robes de peau de buffalo étendues chaque soir sur le sol nu, et s'il y en avait un, sur le plancher. C'était l'âge d'or et des belles robes alors, ce n'était pas ça qui nous manquait.

D'aucuns pourraient peut-être croire que cette fabrication à domicile devait être rudimentaire ou grossière. Sans doute qu'elle n'était point de fini vraiment artisanal, mais elle était bien loin d'être grossière. La moyenne des gens, habitués à se suffire à eux-mêmes, faisaient montre d'une habilité surprenante, au point que beaucoup pourraient se comparer à bien des hommes de métier de nos jours. Bref, l'ameublement des intérieurs au pays de la Rivière-Rouge satisfaisait aux exigences du nécessaire et du confort tels que connus alors.

La principale raison de la dextérité générale qui prévalait dans le temps provenait de la corvée, laquelle avait lieu chaque fois qu'il y avait quelque chose à construire. C'était une coutume passée dans nos moeurs; quand une entreprise, quelle qu'elle fût, dépassait la force ou l'habileté d'un seul homme tout le monde était prêt à y mettre la main. De cette façon un échange d'effort ou d'habileté s'effectuait pour ainsi dire tout seul. On a vu des maisons construites de toutes pièces en une journée, grâce au concours spontané des voisins, sans qu'on ait la peine de leur demander.

L'érection d'une habitation se faisait généralement par étapes. L'on cherchait premièrement à mettre la famille ou la personne qui voulait se bâtir à l'abri. Ce premier but atteint, on laissait souvent le reste s'accomplir à temps perdu, c'est-à-dire que le chef du foyer devait y pourvoir au fur et à mesure que le besoin s'en ferait sentir. La cheminée, toutefois, se construisait ordinairement avec le corps de logis. Venait ensuite la fabrication des meubles, celle du plancher et son posage, la finition des cadres et autres détails de boiserie. La première partie d'une habitation était une structure de dimension modeste, tout juste ce qui était absolument indispensable aux

L'AMEUBLEMENT ORDINAIRE

BASSIN EN BOIS

LANTERNE EN
TOLE TROUÉE →

PETIT BANC

CHAUDIÈRE DE CUIR

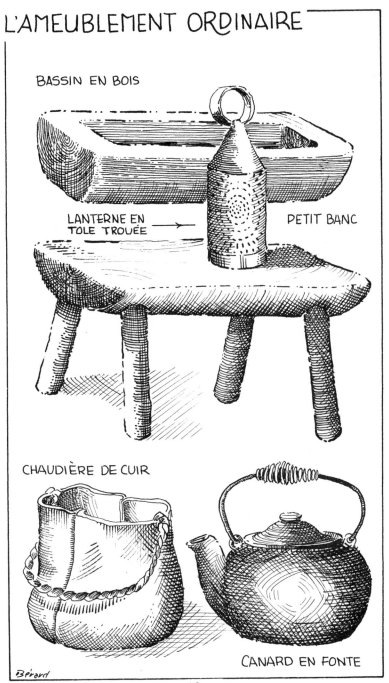

CANARD EN FONTE

Bérard

premiers besoins de la famille. Plus tard, quand le logement se faisait trop étroit pour la famille grandissante, l'on ajoutait une allonge. Et si plus tard encore, la maison allongée devenait trop petite, l'on se payait le luxe d'une autre rallonge. De là ces longues maisons que l'on voyait fréquemment durant l'époque pionnière du pays.

Le rez-de-chaussée était la première pièce et souvent la seule. Le grenier, ne servant point alors, était fermé complètement par un simple plafond de madrier ou de planche épaisse faite à la hache. L'on appelait ce plafond brut plancher de haut. L'ameublement ordinaire d'une maison consistait en une table, des sièges, une armoire ou deux. Celles-ci n'étaient que de simples tablettes, l'une au-dessus de l'autre, arrêtées à chaque bout par un madrier ou une planche épaisse façonnée à la main et à la hache. Le tout fermé à la vue par une toile ou par une peau de chevreuil.

Quand j'étais tout petit garçon, il n'y avait à peu près ni seaux ni chaudières. Du moins, ils étaient si rares que nous ne savions pas ce que c'était. L'on se creusait des bassins à même les billes d'arbre. Les seules chaudières que nous connaissions étaient celles que nous nous faisions nous-même sous forme de poches de toile ou de cuir avec lesquelles nous allions puiser l'eau de la rivière. Pour faire chauffer celle-ci nous nous servions de marmites et de canards de fonte achetés à la Baie d'Hudson et que nous suspendions sur le feu de l'âtre.

Les repas étaient ce qu'il y avait de plus simple, composés principalement de viandes : chair de buffalo cuite, fumée, séchée ; mais le plus souvent apprêtée sous forme de pemmican ; chair de poisson, venaison, séchées ou fumée, galettes, tartes aux petits fruits sauvages, secs ou cuits en confiture. Nous avions des tourtières de différentes sortes. Celles-ci n'étaient autre que des pâtés chauds faits d'une enveloppe de pâte à foncer, farcis de viande ou de tourte alors que ces oiseaux, aussi nombreux que les maringouins, pullulaient dans les bosquets et autres bois.

La tourtière n'était pas le seul plat savoureux du pays de la Rivière-Rouge. Au temps où le buffalo constituait la source la plus considérable de viande comestible, l'oesophage de cet animal était à la base de non moins de cinq ou six mets de choix qui sont restés aussi fameux que la tourtière. Qui n'a pas goûté à l'ineffable bouillon de feuillet de buffalo ou au ragoût de buffalo en boulettes n'a jamais connu ce qui est bon. La boulette était de la viande hachée, gelée, puis pétrie en boule et cuite à feu lent. Le feuillet est une partie interne de l'oesophage qui s'apprêtait en bouillon et qui pouvait exciter le palais le plus fin de façon inoubliable.

La simplicité des repas que j'ai mentionnée tenait à la pénurie d'ustensiles culinaires qui limitait nécessairement l'ingéniosité des ménagères, de même qu'au peu de variété des ingrédients disponibles tels que sauces à base de sels, d'épices ou autres condiments.

J'eus mes impressions les plus lointaines de la vie au contact de ma famille, comme tout un chacun, je suppose. Aussi jeune que je puisse me rappeler, il me semble revoir comme dans un rêve, ma mère que nous entourions tous les soirs, aux lueurs vacillantes de l'âtre, réciter la prière et le chapelet avant de nous coucher entortillés dans les robes de buffalo qui nous servaient de couvertures. Mon père ne prenait pas toujours part à nos veillées intimes avec maman, étant souvent retenu soit au magasin soit à l'atelier. Le magasin n'avait rien de prétentieux : tout juste un coin d'une allonge où s'entassaient les quelques effets de traite qui nous restaient au retour d'une expédition de chasse. L'atelier était une bâtisse d'arbres équarris qui servait d'abri à ceux qui travaillaient avec mon père à la fabrication de quelques meubles ou autres articles.

En plus de nous tenir compagnie, maman voyait au soin du ménage et s'occupait de l'éducation des enfants. Elle nous enseignait surtout nos prières. C'était à peu près tout, car nous n'allions pas encore à l'école et nous n'avions pas d'études à faire. Toutefois, quand mon père était libre, et quand sa présence n'était pas requise au magasin ou à l'atelier par la clientèle ou la visite de voisins avides de causer, il prenait part à nos soirées. Il était ordinairement accompagné de conteurs de récits d'autrefois. C'était alors pour nous un régal d'écouter les vieux raconter la vie et les légendes de la prairie, en présentant à nos jeunes imaginations le vécu que nous ne connaissions pas encore. O tradition orale!

Il n'y avait pas que des souvenirs d'autrefois que les aînés faisaient passer dans leurs récits. Il y avait surtout les histoires agrémentées de superstitions, d'aventures de revenants, de contes sauvages et que sais-je encore! Les Métis ont toujours été friands du mystérieux. Tout comme l'étaient autrefois les vieux Canayens qui nous arrivaient du Bas-Canada et qui savaient nous bourrer, à coeur de veillée, de leurs histoires de loups-garous, de chasse-galerie et de mille autres peurs semblables.

Ce fut là ma première éducation, celle qui n'a pas manqué de laisser une trace indélébile sur toute ma vie. Elle a peuplé mon imagination d'un monde des plus variés de tous les êtres possibles et impossibles qui ont souventes fois hanté mes rêves fantastiques. Elle a même orienté mes pérégrinations vers le mysticisme indien et m'a ouvert les portes de la jonglerie. Enfant de dix ans, les bosquets et les bois étaient, à ce que je commençais de croire, remplis de ce monde féérique dans lequel mon imagination évoluait sans cesse. Pour moi la nuit était toute peuplée d'ombres néfastes et autres suppôts du pays des songes.

Adolescent, je n'étais pas encore imbu de superstition, mais mon esprit était enclin dans ce sens et si je ne cédais pas toujours à mon insu à la crédulité au premier abord, j'étais sollicité vers la pente facile de l'impression spontanée. Une fois la nuit close, je n'étais plus à mon aise seul sur une route solitaire et sombre. Je n'aurais pas osé longer un cimetière sans me sentir gagné par le besoin de tourner la tête avec un oeil inquisiteur du côté des coins obscurs. Ce sentiment acquis sans doute au fil d'un conte ou d'une légende indienne devait me suivre même après que je fusse devenu tout à fait homme. Pour mieux illustrer ma pensée, que l'on me permette ici d'oublier la logique des événements pour faire un bond de quinze et de vingt ans et m'attarder à quelques exemples de faits vécus.

Quand plus tard, oh! quinze ans après, j'étais en service chez le curé Ritchot comme garçon de ferme, un incident bizarre pour le moins m'impressionna profondément. Un père de famille perdit son fils aîné. Pour une raison qu'on ne sut jamais, le fils refusa de voir le prêtre au moment de mourir. Le Père Ritchot eut beau faire toutes sortes d'instances, rien n'y fit. Après la mort du jeune homme, le curé refusa de l'inhumer en terre bénite. Il le fut donc dans un coin du cimetière réservé pour ceux qui étaient morts sans sacrements. Le père en fit une maladie dont il mourut. Sur son lit de mort, il refusa à son tour, par dépit, de recevoir le prêtre et mourut lui aussi sans sacrements. La chose fit scandale et les gens en furent profondément émus.

C'était aux premières neiges de l'année. Un soir que nous veillions ensemble, nous les garçons de ferme, dans un appartement qui se trouvait juste au-dessous de la chambre du Père Ritchot, nous fûmes étonnés d'entendre des coups de hache dans la terre gelée du cimetière. Un compagnon de travail et moi-même allâmes nous enquérir sur-le-champ. Il faisait nuit, mais la lune était dans son plein, il faisait clair comme jour.

Arrivés au cimetière, mon compagnon et moi ne pûmes rien voir ni rien entendre. De retour au presbytère, nos camarades de service et nous-même, nous demandions à voix basse ce que cette curieuse aventure signifiait quand le Père Ritchot nous cria: "Qu'est-ce que c'est que vous avez entendu? — Disons un chapelet. — Répondez, je vais le dire." Ce fut la fin de l'histoire.

Une autre fois, bien après ça, nous chevauchions à cinq ou six à travers la prairie dans un endroit jalonné de talles de saules et de poirettes que nous appelions saskatoons. Soudain, un compagnon s'aperçut qu'un tout jeune veau de buffalo venait de se faufiler entre les pattes de devant de son cheval. Le jeune animal se laissa bousculer à droite et à gauche, pendant un quart d'heure environ pour disparaître aussi mystérieusement qu'il était survenu. Une heure plus tard nous fûmes surpris dans une embuscade où celui qui avait eu le veau dans les pattes de son cheval perdit la vie. Tous furent d'avis que l'arrivée du veau sur la scène avait été un avertissement.

Un soir, juste avant de m'enrouler dans ma robe de campement, je vis un Indien debout à quelques pas de moi. Je n'eus que le temps de me frotter les yeux qu'il avait disparu. Le lendemain, nous eûmes une escarmouche avec des Sioux. Pendant l'échange des coups de feu, j'abattis un Sioux qui vint tomber à mes pieds. Je reconnus l'Indien que j'avais aperçu devant moi la veille.

A quelques milles en amont de Saint-Norbert, non loin de l'endroit où se trouve actuellement le hameau de Saint-Adolphe, vivait un chasseur du nom de Parisien, dont le nom de baptême était Alexis-Hyacinthe. Ses nombreuses connaissances le nommaient invariablement par son nom de baptême. Il demeurait avec sa petite famille.

Alexis-Hyacinthe était un caractère casanier, très peu communicatif, mais une des raisons de sa grande popularité provenait du fait qu'il était d'une très affable générosité. Chasseur d'incomparable habileté, il ne manquait jamais de partager les fruits de sa chasse avec ceux qu'il savait être moins favorisé par la chance que lui. Ce partage étant bien reconnu dans ses habitudes, il était pourvoyeur attitré des provisions de ses voisins et il réglait ses tournées de chasse d'après leurs besoins, allant chasser généralement sur la rivière aux Marais ou à la talle d'épinettes en arrière de Saint-Pierre. Quand il partait, il ne disait pas où il allait et personne ne s'en inquiétait; on le savait habile chasseur, ingénieux voyageur, l'on était toujours sûr du résultat de sa chasse. S'il était parti pour dix, douze, quinze jours, il revenait toujours chargé de gibier.

Il faisait la même chose depuis des années. Un bon jour d'hiver, il partit comme d'habitude et comme d'habitude personne ne s'en préoccupa. Cette fois, pourtant, il ne revint pas. Sa famille l'attendit pendant un laps de temps raisonnable avant de prévenir son entourage de son absence indûment prolongée. Les parents et autres intéressés s'émurent et firent toutes les recherches qu'il leur était possible de faire. Personne n'avait eu vent ni nouvelle d'Alexis-Hyacinthe. Au bout d'un certain temps il sembla tomber dans l'oubli.

Les semaines s'ajoutèrent aux semaines, elles devinrent des mois, ceux-ci des années. La veuve ou du moins celle qui croyait l'être se remaria, puis tout rentra dans le silence du mystère sinon de la mort.

Vingt-cinq ans après, mon frère aîné Moïse et trois de ses beaux-frères étaient allés faire du foin le long de la rivière aux Marais, à une douzaine de milles, tout droit à l'ouest de Dufrost d'aujourd'hui. A l'automne, après les premières gelées ils s'organisèrent pour monter la garde à tour de rôle afin de protéger leurs meules de foin contre le feu de prairie, dangereux à cette saison.

Un soir que c'était au tour de mon frère d'être de garde, il avait profité du fait qu'il était sur les lieux avec un serviteur pour achever de mettre en meule une certaine étendue de veillottes qui restaient. Il avait travaillé fort et après avoir soupé généreusement il se sentait fatigué, ses chevaux mangeaient à même une demi-charge de foin qui était sur la fourragère sous laquelle son homme et lui devaient camper pour la nuit. Le ciel se couvrait rapidement et tout annonçait une nuit pluvieuse et froide, signe avant-coureur d'une bordée de neige précoce. Rassurés que tout danger de feu était écarté pour quelques jours et ne désirant point coucher à la belle étoile, mon frère et son homme décicèrent de charger bagage sur leur fourragère et de retourner à domicile à Saint-Pierre.

Nos deux hommes avaient remarqué des cris étranges ressemblant au bruit demi-soufflé et demi-cri qu'un chevreuil fait entendre du gosier quand il est alerté soudainement. Croyant que c'était un chevreuil qui échappait ce bruit, nos deux faiseurs de foin n'en n'avaient fait aucun cas. Pendant ce temps la pluie avait commencé à tomber, et certains qu'elle tournerait en neige d'un moment à l'autre, ils voulurent atteler au plus tôt.

Au moment d'atteler ses chevaux sur la voiture, mon frère crut voir un objet blanc qu'il prit pour un hibou qui volait à quatre pieds du sol environ. L'objet se dirigeait vers une talle de saules et de jeunes chênes en arrière desquels il s'abattit avec un grand cri semblable à ceux qu'on avait entendu quelques instants auparavant. Les cris se succédèrent, et l'objet qu'ils avaient pris pour un hibou continua de passer et repasser à la même hauteur du sol et allant à chaque fois disparaître à la même place.

Deux ans après cette étrange aventure, Martin Jérôme, ancien député provincial et champion des droits franco-catholiques durant vingt ans à la législature manitobaine, chassait les premiers canards du printemps sur les bords de la rivière aux Marais. Il se faufilait d'une talle de branches à l'autre afin de s'approcher des canards sans être aperçu. Depuis quelques instants, il avait remarqué tout autour de lui des restes épars du squelette d'un énorme orignal quand une plaque de cuivre attira vivement son attention. Se penchant pour saisir le morceau de cuivre, il fut fort étonné de constater que c'était le dessous de pied d'une crosse de fusil. C'était un vieux modèle d'un de ces anciens fusils à capsule de la Baie d'Hudson que l'on appelait fusil de Case. Le fusil gisait sous ce qui restait d'une vieille robe de buffalo dont les lambeaux couvraient le squelette d'un homme évidemment mort dans son lit de campement à la belle étoile.

Un examen sommaire reconstitua la scène qui avait dû se dérouler: un chasseur avait tué un orignal de grande taille qu'il avait placé sur son traîneau que tirait un cheval du pays, mort aussi, non loin de là. Jérôme reconnut que le mort dut être un Métis de bonne taille, et sa petite chaudière à thé laissait voir qu'il avait pris une tasse de thé sinon préparé tout un repas. Les ossements du cheval indiquaient que celui-ci devait avoir été s'embourber dans la grande neige où il était mort victime de la faim, du froid, probablement même la proie des loups.

Tous ces indices remirent en mémoire la disparition d'Alexis-Hyacinthe plus de vingt-cinq ans auparavant, dont Jérôme se rappelait fort bien les détails sans se douter le moindrement qu'il venait de retrouver les restes du chasseur d'autrefois. Jérôme regagna sa maison à Saint-Pierre d'où il dépêcha à toute bride l'un de ses fils chez les Parisien, à Saint-Adolphe, pour leur apprendre la nouvelle de sa lugubre trouvaille.

Une enquête détaillée conduite par la police identifia le fusil, le couteau de chasse, la chaudière à thé, de même que d'autres objets. Alexis-Hyacinthe avait été trouvé à l'endroit exact où l'objet blanc mystérieux avait attiré la curiosité de mon frère.

Le plus bizarre de cette affaire fut que le mari de l'ancienne veuve d'Alexis-Hyacinthe fut tellement surpris en apprenant la chose qu'il en mourut d'une crise cardiaque. Les restes des deux maris furent inhumés en même temps, eurent le même service funèbre et la même fosse.

Maintenant, qu'étaient ces phénomènes dont je viens de parler. Etaient-ce des superstitions? Des hallucinations ou quoi? Les témoins étaient, à mon avis, des gens très dignes de foi. Je n'oserai point risquer une opinion. Pour ma part je sais ce que j'ai vu. Je me contente de raconter ce que je jure avoir vu de mes yeux.

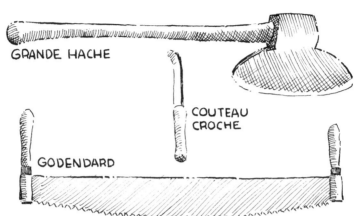

GRANDE HACHE

COUTEAU
CROCHE

GODENDARD

TARIÈRE

ASSEMBLAGE À QUEUE D'ARONDE

FLEAU

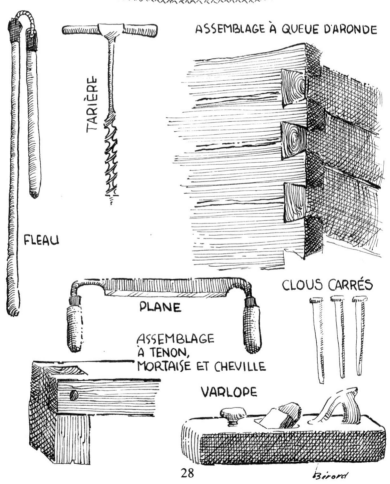

CLOUS CARRÉS

PLANE

ASSEMBLAGE
À TENON,
MORTAISE ET CHEVILLE

VARLOPE

28

Bérard

CHAPITRE II

Quand j'eus atteint l'âge où l'on a meilleure mémoire de ce qui se passe, entre six et huit ans, vers 1865 à 1870, le pays de la Rivière-Rouge avait déjà pas mal changé. Depuis une couple d'années le buffalo n'était plus qu'un souvenir du passé. Il n'existait plus de troupeaux comme je me rappelais en avoir vus dans la vallée. Nombre de petits garçons de mon âge n'avaient jamais vu même un seul de ces fiers animaux. Une partie importante de la population commençait à faire de l'élevage et presque chaque famille avait déjà son petit jardin potager. On voyait de-ci de-la des porcs, des moutons, chaque foyer avait son poulailler, et les vaches laitières étaient populaires. Le nombre grandissait chaque jour de ceux qui commençaient à semer de petits champs de blé, d'orge et d'avoine. La grande chasse disparaissait pour faire place à la culture des céréales. C'était la fin de l'époque où le battage se faisait au fléau, où la moisson se faisait à la faucille et au javelier.

Tout s'était amélioré, depuis les moyens de transport jusqu'au menu des repas. L'habileté de la main-d'oeuvre s'était accrue considérablement grâce à un outillage bien supérieur, que l'on pouvait maintenant se procurer dans presque n'importe quel magasin général ordinaire, et à des prix plus abordables pour tous. La construction des maisons et autres bâtisses, la fabrication des voitures, des meubles, des instruments aratoires, enfin tout ce que les plus anciens faisaient eux-mêmes s'offrait en vente en une variété vraiment étonnante et à des prix plus accessibles pour la moyenne des gens. La plupart des maisons avaient des planchers, et les allonges montées à poteaux étaient remplacées par les séparations des pièces. L'usage du bardeau, la plus forte partie faite à la main, rendait de plus en plus rares les toits de terre, de foin ou de paille; plusieurs habitations revêtaient leur extérieur de planche au lieu d'un simple bousillage de mortier d'argile. La planche, plus facile d'acquisition grâce à l'usage général du godendard, était

29

dorénavant à meilleur marché. Un autre usage qui tendait à se généraliser rapidement était celui des vitres aux fenêtres. Celles-ci étaient apportées de Saint-Paul et autres endroits des Etats-Unis. D'abord par les fréteurs à boeufs et les traiteurs; puis, par des bateaux à vapeur, qui déjà depuis une douzaine d'années, faisaient la navette sur la rivière Rouge.

Outre le surcroît de confort qu'elles nous procuraient, ces innovations donnaient du coquet aux demeures. Mais, si tant de commodités nouvelles ajoutaient aux aises des gens, elles leur enlevaient autant d'occasions d'accroître leur habileté naturelle en les privant de la nécessité d'avoir recours à eux-mêmes pour se tirer d'affaire. Nous n'étions éloignés du vieux temps que depuis une demi-génération à peine qu'il n'en manquait déjà point qui ne savaient plus rien faire sans clous, sans vis, voire même sans broche comme on appelait le fil de laiton. La scie, le marteau, la tarière, la varlope, qui nous avaient été tout à fait inconnus à leur âge, étaient absolument indispensables à la nouvelle génération. Déjà, cette dernière ne pouvait pas se passer de fer. Le boulon avait remplacé la cheville, les roues de charrette ne valaient plus rien à moins qu'elles fussent de fer ou d'acier; un patin de traîneau n'était plus considéré comme serviable sans lisse d'acier. Jusqu'à la peinture qui devenait un article de nécessité pour l'érection de la plus modeste maison de ferme, en attendant de devenir un accessoire indispensable à la toilette des dames!

Sur les routes, on voyait déjà des voitures légères. Quelques-unes avaient même des capotes dépliantes. Elles étaient rares, mais il y en avait assez pour mettre l'eau à la bouche de ceux qui les trouvaient chic. Moi le premier, j'avais hâte d'être en âge d'aller voir les filles dans une de ces voitures-là. Notre charrette jadis faite à domicile avait, elle aussi, subi ses changements. Elle était visiblement mieux finie que celle de nos parents et de nos grands-parents. Seulement, il fallait qu'elle fût bandée de fer, et elle n'avait plus l'avantage de se faire entendre venir de loin, car il était de rigueur de la graisser régulièrement.

Bientôt, l'on vit se multiplier des hommes de métiers divers: forgerons, charrons, charpentiers, menuisiers, ébénistes, peintres, décorateurs, briqueteurs, tailleurs de pierre, plâtriers, orfèvres, ferblantiers, cordonniers, selliers et que sais-je encore! Le temps approchait, hélas! où nous allions avoir des hommes de professions libérales et où nous ne pourrions même plus mourir sans avoir un médecin pour avertir quand un homme était mort!

N'oublions point de mentionner que dans nombre de familles l'intérieur du foyer s'était enrichi de deux ustensiles: le rouet et le métier à tisser. Il faut avouer que tous ces changements rendaient la vie plus facile, et plus généreuse en conforts de toutes sortes. Ce n'était pas quand même sans regret, par exemple, que nous voyions chaque jour disparaître le bon vieux temps de l'âge d'or de la prairie. Sans nous en rendre compte, c'était le commencement de la fin de cette heureuse époque que nos anciens, précurseurs de la civilisation moderne, n'ont jamais oubliée. La disparition du buffalo de la vallée de la rivière Rouge en 1868 provoqua, ni plus ni moins, une révolution complète de la vie du pays et de son économie. Elle venait de prouver non seulement que les immenses troupeaux de cet animal n'étaient pas inépuisables comme l'avaient cru les anciens du pays, mais que d'ores et déjà l'ère des grandes chasses à course était finie. De plus, mes parents étant chasseurs de grande plaine sentaient venir avec aversion un changement de vie pour laquelle ils n'étaient nullement préparés à brève échéance. Ces choses m'avaient passé par-dessus la tête car j'étais trop jeune, j'avais à peine dix ans, pour y attacher importance.

Les gens avaient constaté que le sol du pays était d'une grande fertilité, capable de nourrir une forte population qui, tôt ou tard, en prendrait parti. C'était ce que les missionnaires, dont la plupart se faisaient autant les apôtres de la culture du sol que du culte de l'évangile, avaient toujours prédit.

De là, les Métis n'eurent qu'un pas à faire pour diriger leurs rêves d'avenir et leurs énergies vers la culture du sol. Ils le firent avec empressement sinon avec enthousiasme chez les moins entreprenants. Ce fut là le déclenchement de la course aux terres faciles à mettre en emblavure, laquelle provoqua la surenchère restée mémorable dans l'histoire du grand boom de 1882. L'on a donné le nom de boom, mot venu des Etats-Unis, à toute poussée de prospérite passagère exagérée, plus factice que réelle.

A vrai dire, mon père n'était pas un chasseur dans le vrai sens du mot. Il suivait les expéditions de chasse mais c'était comme traiteur. Il n'avait jamais moins de dix voitures, des fois même jusqu'à trente qu'il chargeait de marchandises faciles à échanger contre les produits de la chasse: peaux et robes de buffalo, brutes ou finies, viande séchée ou fumée de pemmican; peaux crues, cuir mou, nerfs, graisse de moelle, fourrures.

Il y avait toujours de ces traiteurs qui suivaient les chasseurs. La plupart représentaient des maisons de commerce, des compagnies de traite, mais mon père traitait à son propre compte, en traiteur indépendant comme on disait. Les traiteurs étaient une protection pour les chasseurs qu'ils accompagnaient car les Indiens, quels qu'ils fussent, voyaient toujours et partout d'un bon oeil tout traiteur.

On retrouvait dans le commerce de mon père des marchandises telles que: thé, sucre, sel, poivre, farine, poudre, plomb, balles, coton, flanelle, indienne, toile fine et grosse, étoffe, couvertures de laine, couteaux, et autres ustensiles.

Nous avions coutume de partir de bon printemps pour la prairie, dès que l'herbe était assez longue pour être broutée, pour la pincer, comme on disait. Nous revenions vers le mois de juillet. Nous restions à la maison pendant une, deux ou trois semaines pour repartir et ne revenir cette fois que tard à l'automne, quand nous ne passions pas l'hiver dans la prairie. C'est ce que nous appelions passer l'hiver en hivernement, sous la tente, dans une loge ou dans une maison d'occasion construite sur la plaine.

Nous allions ordinairement à la montagne de Bois; quand le buffalo recula du côté des environs de la montagne Cyprès, nous l'y suivîmes. Enfin, plus tard, lorsque le buffalo se réfugia dans les terrains difficiles d'accès du Montana, du Wyoming, du Nebraska et du Colorado, ce fut le long du Missouri que nous allions à la rencontre des troupeaux qui restaient encore. Ça, c'était la belle vie! Cré mardi gras! quand j'y pense, je comprends facilement pourquoi les anciens l'ont tant aimée. Pensez donc! un grand pays capable de nourrir une population sans autre effort que celui de chasser un gibier facile.

Ah! si j'en avais l'intention et le talent nécessaire, quel tableau splendide je ferais de cette époque incomparable, d'abondance et de liberté! Imaginez, si vous le pouvez, un groupe nombreux de familles qui se connaissaient toutes intimement, dont beaucoup étaient liées par la parenté, partant pour une saison entière sans laisser derrière elles la moindre inquiétude!

Nous marchions au pas des boeufs, vers le soleil couchant, dans le grand air embaumé de la plaine sans fin, ne nous arrêtant que pour les repas du jour et pour le campement du soir, sous la tente, ou à la belle étoile si le temps promettait un beau lendemain.

Chaque famille apportait avec elle à peu près tout ce qu'elle possédait : un cheval ou deux, trois tout au plus, qu'elle laissait engraisser au pacage de la prairie pour courir le buffalo l'occasion venue; quelques boeufs qu'elle attelait journellement, autant de charrettes que possible, que le père avait fabriquées lui-même au cours d'un hiver précédent; des robes de buffalo pour servir de couvertures au lit du soir; les ustensiles de cuisine et les pièces de vaisselle les plus indispensables; une cuvette ou deux obtenues d'un tonneau scié par la moitié; quelques seaux, des fusils, une carabine et de la munition en quantité suffisante pour soutenir un combat en cas d'attaque de la part des Indiens ou autres ennemis possibles sinon probables. C'était tout, parce que c'était tout ce dont une famille avait besoin. La prairie subvenait à tout le reste, depuis l'eau claire et fraîche d'une source jusqu'aux petits fruits sauvages dont la variété suivait les saisons et la nature des sols.

Pour la cuisson, nous faisions du feu de saule ou de tremble morts bien séchés au soleil ou à défaut de ceux-ci, des bouses de bison sèches dont la plaine était littéralement couverte.

Notre nourriture consistait en majeure partie en chair de menu gibier : canard, poule et bécasse de prairie, perdrix; et partout où il y avait du bois : chevreuil, cabri, cerf, mouflon, lièvre, lapin, ours, etc. . . Nous mangions très rarement autre chose, à moins de nous trouver à portée d'un magasin ou d'un comptoir de traite où nous pouvions nous procurer de quoi varier le menu de la grande table de la prairie.

PERDRIX
Bonasa umbellus

POULE DES PRAIRIES
Tympanuchus cupido

POULE HONGARIENNE
Perdix perdix

Bérard

34

C'était une partie de notre programme de voyage, chemin faisant, de traiter avec les Indiens et les autres. Si les premiers n'étaient pas encore complètement civilisés, ils étaient au moins suffisamment pacifiés. A l'époque dont je parle, il n'y avait plus de danger de leur part, du moins pour les Métis qu'ils avaient appris à craindre d'abord, puis à respecter. Leur dehors paisible, cependant, ne nous induisait point à nous relâcher de notre politique de précautions. Rompus par trois générations de méfiance continue, nous restions fidèles à la tradition de nos pères qui l'avaient reçue des leurs, de voyager comme ils le faisaient au temps où les Sioux étaient la terreur des plaines. Dociles aux charitables enseignements des missionnaires, nous ne perdions jamais une occasion de leur tendre la main du pardon et de l'oubli, non sans cesser de serrer de l'autre la poignée de nos fusils prêts à faire feu.

Les Indiens et nous Métis, n'étions plus en guerre; nous vivions en paix, mais continuellement armés jusqu'aux dents. Jamais une expédition de chasse ne se serait aventurée dans la prairie sans s'être organisée au préalable sur un pied de guerre, en tout cas où la chose fût possible. Instruits par l'expérience, on préparait le combat pour être sûrs d'avoir la paix. Alors, on voyageait en caravane et voici de quelle façon celle-ci s'organisait en général.

Quand une expédition était décidée, on faisait annoncer la chose au prône puis à la criée dans autant de paroisses et de missions que possible, donnant avis aux intéressés qu'à tel endroit, à tel jour et à telle heure ceux qui désiraient joindre une expédition de chasse à course n'avaient qu'à se rendre aux temps et lieu mentionnés. En convoquant l'assemblée, le but était à peu de chose près toujours le même: l'élection d'un premier chef, d'un second chef, d'un conseil de douze au moins et l'établissement d'un règlement de marche. Chaque membre de cet exécutif qui faisait partie de l'expédition avait voix à l'assemblée.

Les chasseurs emmenaient avec eux leurs femmes et leurs enfants, sur des charrettes recouvertes de bâches de peau ou de toile, pour les mettre à l'abri du soleil, de la pluie, du vent et même de la neige. L'on appelait ces charrettes bâchées des carrâchetêhounes. C'était un spectacle grandiose et unique à la fois que de voir défiler des centaines de charrettes traînées par des boeufs, chargées de grappes humaines cheminant sur deux, trois files parallèles et plus, vers les troupeaux de buffalos. Ce qui de plus ajoutait au pittoresque de cette population en marche, c'était le rassemblement bruyant d'autant de centaines de chiens qui ne manquaient point d'accompagner les voyageurs et dont les aboiements faisaient chorus au vacarme incessant des moyeux de bois assoiffés de lubrifiant, qui geignaient à coeur de jour et s'annonçaient ainsi de très loin.

Les buffalos ou buffles sauvages, comme l'on désignait les bisons, couvraient par troupeaux immenses toute la partie nord du continent de l'Amérique septentrionale comprise entre le Mississipi, les grands lacs ontariens et la cordillière continentale des Rocheuses, depuis le golfe du Mexique jusqu'au grand lac des Esclaves en frange du cercle polaire arctique. Ils étaient nettement divisés en quatre troupeaux principaux, ou si l'on veut, en groupes distincts dont chacun occupait son propre territoire.

1. Il y avait le buffalo du Missouri qui était long et pesant, au poil hirsute et de couleur terreuse, et que l'on reconnaissait aisément à sa démarche lourde et plutôt lente. Les vaches adultes donnaient souvent, après le curage, non moins de cinq cents livres de viande, tandis que les taureaux adultes de cinq ans pesaient très fréquemment plus d'une tonne. C'était un animal superbe qui, s'il était blessé, devenait affreux peu invitant à rencontrer. Ce type de buffalo se rencontrait rarement ailleurs qu'au sud du Missouri, mais j'en ai tué moi-même plus au nord, sans doute des individus isolés qui se trouvaient mêlés aux autres troupeaux pour tomber en proie facile aux chasseurs expérimentés et toujours au guet des plus belles pièces de gibier. Quelquefois même, mais rarement, de petites bandes échappées du troupeau principal ont été rencontrées jusqu'en territoire canadien, parmi les falaises des montagnes.

2. Au nord du troupeau du Missouri se trouvait le bison des prairies, auquel appartenait aussi le buffalo de la rivière Rouge. Moins long de tronc, il était plus robuste et beaucoup plus rapide à la course. C'est celui-ci qui a servi de source principale de nourriture aux Métis, durant au moins trois quarts de siècle.

3. Le troupeau de la Saskatchewan que beaucoup ont appelé le buffalo de la rivière Castor, un affluent de l'Assiniboine qui rejoint cette dernière aux environs du Fort Ellice, se reconnaissait bien parce qu'il était visiblement plus petit que ceux du Missouri, et des prairies. Il a survécu plusieurs années au groupe des prairies car il s'en trouvait encore quelques-uns en 1885.

4. Il y avait enfin le buffalo des bois, moins nombreux et de couleur plus foncée, certains allant jusqu'au noir. L'animal de ce groupe-là était le plus gros. Il se tenait dans les forêts avoisinant la Saskatchewan et les lacs Winnipeg, Manitoba, Dauphin, Winnipegosis. On le rencontrait aussi loin dans le nord qu'à la rivière aux Liards, qui se jette dans le MacKenzie en face du Fort Simpson, au-delà des frontières de l'Alberta. Il allait passer l'hiver dans le sud; j'en ai tué moi-même tout près de la frontière mexicaine du Texas, alors que cet Etat était plus grand qu'il est aujourd'hui. Le buffalo de bois était plus difficile que tous les autres à chasser à cause de son habitude de s'éparpiller au moindre signe, et de s'enfoncer vivement dans les profondeurs de la forêt.

Je me suis laissé dire par des gens instruits qu'il fut un temps pas très éloigné de nous, où l'habitat du buffalo, s'étendait sur toute l'Amérique du Nord. De plus, nos Indiens de l'est manitobain trouvent encore aujourd'hui, sous la couche supérieure de nos muskegs, des ossements d'un buffalo géant qui doit avoir existé par ici en très grand nombre. Il se trouve encore de ces ossements dans le haut de la rivière aux Rats, le long de la rivière Blanche, de la Tête Ouverte, de la Bouleau, et d'autres cours d'eau manitobains.

Les anciens Métis chassaient ordinairement en contrées sauvages où des tribus ennemies ou susceptibles de le devenir les guettaient, sans cesse appâtées par le fruit du pillage ou autres formes de larcin. Or il était nécessaire de prévenir toute possibilité d'une attaque de leur part. Il était d'une égale nécessité de tempérer l'impétuosité des jeunes gens surtout, qui se laissaient facilement aller au gré de leurs ambitions, pénétrant inconsidérément au milieu des animaux, où ils pouvaient tomber victimes des balles perdues ou d'un taureau blessé chargeant avec la furie du désespoir.

La prudence exigeait donc qu'il y eût de l'ordre. Or, la coutume, fille de l'expérience, avait dicté certaines ordonnances qui avaient force de lois, réglementant aussi tout ce qui pouvait constituer des dangers possible de la part des autres chasseurs ou d'un buffalo enragé par la douleur de sa blessure. De là, le besoin d'un conseil pour sanctionner les lois acceptées comme salutaires à la sécurité de tous. Les premières de ces ordonnances, par ordre d'importance, prohibaient l'usage de la boisson, la chasse le dimanche, l'immoralité sous toute forme, même la plus éloignée, le blasphème. Il était défendu de se séparer du camp sans l'autorisation du conseil, et il fallait toujours attendre le signal du guide avant d'entreprendre quoi que ce soit.

Le choix des chefs et des membres du conseil était entouré de tant de soins que je n'ai jamais connu d'exemple de favoritisme d'aucune sorte. D'ailleurs ce choix était fixé d'après un espèce de rituel quasi religieux, et présidé pour la plupart du temps par le missionnaire qui accompagnait la caravane. Les décisions du conseil faisaient loi en tout et partout durant le voyage.

Il est regrettable qu'aucun procès-verbal des activités de ces conseils n'ait jamais été dressé et conservé. Quelles annales palpitantes d'intérêt ils constitueraient aujourd'hui! Tout ce que je peux en dire, c'est que je ne me rappelle pas avoir connu, ni même entendu parler d'un seul exemple où la juridiction ou la décision d'un conseil ait été mise en doute ou même discutée. Pourtant, il dut y avoir matière, surtout au sujet des punitions variant selon la gravité de l'accusation. Pour simples infractions au règlement, l'inculpé n'était que passible d'amende. Celle-ci consistait à payer un certain nombre de peaux qui devaient être remises au conseil, qui les distribuait aux nécessiteux, ou à défaut de ceux-ci, aux gardes. Dans le cas de récidive ou de délits plus graves, la peine pouvait aller jusqu'au châtiment corporel. Il y eut même le cas de toute une famille mise à mort. Il y eut plus d'une version de cette affaire. La seule dont j'eus connaissance c'est que les Deschamps passaient pour être du méchant monde. Il paraît qu'ils avaient été pris en flagrant délit sur tous les points du règlement, y compris le vol et l'immoralité. Il paraît même que l'un d'eux avait été découvert alors qu'il se préparait à faire main basse sur certaines personnes du conseil. Le soir, la famille se retira comme d'habitude et comme les autres. Le lendemain matin ils furent tous trouvés morts. L'on n'a jamais su par qui ni comment ils avaient été exterminés. Le massacre des Deschamps est passé dans la légende des plaines, mais personne n'a jamais connu le fond du mystère.

Les premier et second chefs choisis, l'on nommait ensuite après mûre délibération douze conseillers ou plus, suivant le nombre de gens faisant partie de l'expédition. Cela fait, le conseil était prêt à entrer incessamment en fonctions. Il se réunissait tous les soirs si possible, le dimanche excepté, entendait les rapports divers et les discutait, prenait connaissance des contraventions au règlement ainsi que des délits.

Le conseil nommait des gardes pour maintenir l'ordre, et des sentinelles pour veiller à la sécurité de la caravane, une fois celle-ci transformée en campement. Les sentinelles de faction se relevaient à tour de rôle, toutes les deux heures, du coucher au lever du soleil, sous la surveillance et la direction d'un capitaine. Les capitaines faisaient rapport chaque matin au conseil sur la façon dont les sentinelles s'étaient acquittées de leur tâche de nuit.

Les sentinelles se postaient tout autour du camp, juste assez proche pour pouvoir donner l'alarme en cas de danger. Celles qui se trouvaient dans la relève à l'aurore avaient la tâche de dépêcher les découvreurs, comme on appelait les éclaireurs qui allaient scruter l'horizon, afin d'informer le conseil sur ce qui pouvait leur paraître le moindrement inusité. Les découvreurs ou éclaireurs, toujours à cheval deux par deux, se dispersaient en éventail, tâchant de parvenir à quelque lieu plus élevé. C'était les yeux de la caravane.

Dans le choix des découvreurs, l'on avait invariablement le soin d'en associer un qui avait de l'expérience avec un autre qui en avait moins ou point. C'était une coutume sage car ainsi chacun acquérait la compétence que lui donnait l'entraînement. Aller en découverte, c'était souvent une affaire pour un débutant. Tout découvreur ne devait jamais un seul instant perdre de vue que sur lui reposait la vie de toute la caravane. Il était donc de la plus haute importance qu'il développât son sens d'observation et ne prît absolument rien pour acquis. Tout ce qui lui frappait l'oeil devait être vérifié. Il devait se familiariser avec le code de signaux en usage grâce auquel un découvreur pouvait communiquer avec d'autres découvreurs et prévenir le camp de la présence de buffalos ou d'Indiens hostiles ou alliés, et de leur nombre approximatif.

Après le choix des gardes et des découvreurs venait l'ordre de marche des voitures. Celles-ci se plaçaient l'une derrière l'autre sur une, deux, trois files parallèles et plus. Chaque file était divisée par sections égales dont chacune était sous le commandement d'un capitaine de marche. Les sections avançaient d'après un ordre déterminé par le conseil et ne pouvait être changées sans raison grave et sans permission.

La caravane une fois mise en ordre de marche devait donc garder cette disposition strictement, car c'était d'elle que dépendait la rapidité des mouvements de manoeuvre. Elle s'ébranlait le matin dès que la rosée était passée. L'on marchait durant deux, trois heures selon l'ardeur du soleil, puis l'on s'arrêtait près d'un point d'eau, les voitures placées en un grand cercle, les timons pointant vers l'extérieur. Certains chefs de caravane avaient l'habitude de former le rond à chaque arrêt afin d'habituer les gens à cette manoeuvre et d'en acquérir la rapidité à force d'exercice. On appelait former le rond, placer les charrettes parallèlement à côté l'une de l'autre, roue à roue, puis lever les timons en l'air de façon à asseoir la charrette sur sa fonçure d'arrière et présenter ainsi une clôture circulaire. Les fonçures des charrettes, dont les contenus faisaient ainsi renfort de barricade, prévenaient la possibilité d'une bousculade par une charge improvisée de cavaliers puisque les roues ainsi disposées étaient liées ensemble par des lanières de cuir.

Grâce à ce système le camp pouvait se mettre immédiatement en état de siège et préparer sa défense.

Vers midi se faisaient la cuisson du repas, et le thé qui l'accompagnait nécessairement. Habitude qui, d'après le Père Lacombe, l'apôtre des Pieds-Noirs, était la seule forme d'athéisme pratiquée par les Métis, quand il disait que si les Métis était un peuple à thé, c'est qu'ils faisaient fréquemment leur thé!

On laissait deux heures de repos aux boeufs pour leur permettre de se désaltérer et de se soûler, en voulant dire se repaître pour l'attelée suivante. Entre deux et trois heures ou plus tard, s'il faisait encore chaud, on rattelait les boeufs pour continuer la marche jusqu'au soleil déclinant, alors que la caravane s'arrêtait pour le campement de la nuit. C'était le moment de la journée le plus actif. On formait le rond, à l'intérieur duquel se dressaient les tentes abritant les familles, et les voitures étaient disposées en un tour de main, leur contenu empilé dans le fond sous quelques pelletées de terre et de cailloux pour servir de barricade.

Tandis que les hommes terminaient l'encerclement, chaque famille avait planté sa tente, sa loge comme on disait le plus souvent, puis elle allumait son feu, et la préparation du repas du soir commençait au babil enjoué des ménagères. Autour de l'enceinte hérissée de timons et autres instruments improvisés de défense, paissaient les attelages sous l'oeil vigilant de gardiens armés de fusils chargés et amorcés. Pour toute la caravane, l'achèvement du rond était le signal que cette nuit-là le règlement s'appliquerait dans toute sa rigueur. Aussi tout le monde était à son poste et devait y rester, même sous peine de mort si on était pris à défaut. Un peu plus loin que les gardiens d'attelages, se trouvaient les sentinelles qui déjà prenaient leurs postes de nuit. Sur le tapis dru de l'herbe de la prairie s'étalait devant chaque tente le souper de famille.

Le repas terminé, les feux de veillée, plus grands que ceux de la popote, s'allumaient au centre du camp retranché. Le chef de la caravane faisait entendre son appel à la prière. Le missionnaire s'avançait au milieu de ses ouailles, et commençait l'office du soir, comme il le faisait chaque fois que la température s'y prêtait.

La caravane de chasse a pris une telle place dans l'histoire de la prairie que l'on me permettra, je l'espère, d'y ajouter une variante en guise de précision.

Je vous disais que les découvreurs allaient invariablement deux par deux. Cette méthode permettait à l'un des deux de surveiller les environs du sommet d'une colline tout en laissant à l'abri de la vue son compagnon pour que celui-ci puisse, à la faveur d'une pente, signaler à d'autres découvreurs ce qui se passait plus loin.

Les découvreurs rentraient de leur reconnaissance sur le haut du jour et faisaient rapport de leurs observations au guide en fonction, ou au conseil directement, s'ils le jugeaient nécessaire. Leurs rapports déterminaient le programme de la journée, le repos ou la marche en avant.

Dans le dernier cas, le guide du jour demandait au chef de l'expédition d'avertir les gens de se préparer à partir sitôt le signal donné. A l'heure dite, il montait à cheval et partait, suivi du chef qui tenait un pavillon blanc, couleur qui se voyait mieux. Quand le chef levait le drapeau, les files de voitures se reformaient dans le même ordre que la veille et la caravane s'ébranlait. Tous ceux qui avaient des chevaux les montaient ou en prêtaient à ceux qui n'en avaient point pour que le plus d'hommes possible puissent faire escorte à l'expédition fusil en main.

Sitôt la caravane en marche, les cavaliers sortaient des files de voitures pour aller se déployer en tirailleurs à une moyenne distance d'elles, pendant que les découvreurs étaient allés se placer en avant-poste un peu plus loin. Tout chasseur dans ce cas se faisait cavalier.

La caravane était à peine en marche depuis une demi-heure qu'elle avait déployé tous ses effectifs, avançant à pied d'oeuvre comme si elle allait à l'attaque d'un ennemi massé derrière un coteau prochain. Mais voilà que l'un après l'autre les découvreurs s'estompent sur l'azur du ciel clair et signalent que l'horizon est libre d'homme ou de bête qui vive.

Les cavaliers, alors, lancent leurs montures à la fine course s'entrecroisent en tous sens comme si les escadrons dispersés se fussent jetés dans le désordre. Les cris de joie répondent aux cris de joie. Un énorme lièvre de prairie surgit tout à coup d'un repli de terrain, pour s'élancer par bonds rapides vers une borne qui fuit sans cesse. A travers la meute qui le poursuit, cent coups de feu crépitent de tous les côtés, jusqu'à ce que le fuyard affolé s'arrête dans la mort.

Sur un autre parcours de la plaine les cavaliers s'élancent comme dans une classe de manège dont chaque membre s'évertuerait à surpasser l'autre en virtuosité. Les uns piquent leur coursier des deux, jetant un objet sur l'herbe, reviennent sur leurs pas à la même vitesse pour ramasser l'objet sans modérer d'allure. D'autres vont à fond de train, sautent sur le sol, et du même bond, remontent à dos de cheval et répètent l'acrobatie de l'autre côté de leur cheval, toujours sans ralentir. D'autres encore partent plusieurs de front à toute vitesse, changeant de monture avec l'un, avec l'autre, sans freiner l'allure de leur cheval.

Un truc qui a captivé pendant assez longtemps l'admiration des adeptes de l'équitation acrobatique a été celui du noeud coulant: lancer le lasso. Ce jeu consistait à manier une longue et forte corde de cuir ou de chanvre terminée par un cerceau à noeud coulant qui permettait de jeter au vol de course le cerceau mobile autour du cou, du pied d'un cheval, d'un boeuf ou d'un animal sauvage et de le capturer tant qu'il était lui-même à la course. C'était ce que nous appelions jeter le cabresse ou cabresser. La maîtrise de cet art déterminait le degré d'habileté qui classifiait un aspirant comme cabresseur. Le cabressage, d'importation de l'Ouest des Etats-Unis, n'était pas connu de nos pères ou du moins à peu près pas. Cette pratique venait des *ranchos* mexicains, qui, eux, l'avaient reçu des espagnols plus au sud.

La virtuosité du cabressage s'acquérait comme toute autre chose par un entraînement persévérant. On commençait par s'exercer à jeter un cerceau mobile de corde autour d'un poteau, à faire la même chose à cheval, à cheval au pas, puis à cheval au trot, au galop et à la course. Ensuite on s'exerçait sur un veau, un boeuf, un poney, un poulain, avant de s'aventurer sur un animal sauvage: un veau de buffalo, un chevreuil. Quand un aspirant cabresseur avait acquis la sûreté de main voulue, il s'attaquait aux buffalos et autres animaux sauvages.

De mon temps, il n'en manquait pas qui étaient capables de chasser le buffalo sans autre arme que le seul câble. C'était une chasse trop périlleuse pour en valoir le coup. Le buffalo n'aurait eu qu'à pivoter sur lui-même pour éventrer un cheval d'une corne, démonter le cavalier et le tuer. C'eût été l'affaire d'un dixième de seconde. La chasse à course ordinaire était déjà bien assez dangereuse sans ça. Ainsi se passaient tous les moments libres de chaque journée.

Quand les boeufs avaient marché trois ou quatre heures, surtout s'il faisait chaud, qu'il y avait des taons, des maringouins ou des fourmis, l'on profitait du premier point d'eau pour dételer, faire boire les boeufs, leur faire de grosses boucanes pour chasser les moustiques, pour faire le thé, fumer une pipe, et prendre une bouchée, comme on disait dans la parlure de la prairie. Fidèles à la discipline de ce mode de voyager, chaque fois que la caravane faisait halte, les voitures se campaient en position d'arrêt, pour que le cas échéant, elles fûssent toutes prêtes à faire le rond.

A peine avait-on dételé que les éclaireurs se rendaient sur les sommets de buttes environnantes et commerçaient la surveillance des alentours. Le camp était déjà prévenu par signaux que tout était tranquille, sans danger d'attaque ; pour lors, les gens se mettaient sans tarder à la préparation du dîner. Chaque famille allumait son feu. Le chef tuait quelques canards ou autres pièces de gibier. Les femmes ou même les hommes faisaient de la galette, comme on appelait le pain que se faisaient les Métis, et qui était plus soutenant que le pain ordinaire, parce que plus digestible et plus riche en ingrédients nutritifs. Les femmes ou les hommes apprêtaient de la soupe, ou bien du bouilli de canard, de poule de prairie ou d'autre chair de gibier volatile. Les enfants prenaient leurs ébats jusqu'à ce que le repas fut prêt.

Celui-ci se prenait sur l'herbe, par familles ou par groupe de voisins de route et de paroisse. La sieste suivait coutumièrement et durait jusqu'à l'heure où, le plus fort de la chaleur passé, les boeufs repus fussent bien reposés de la marche d'avant dîner.

Sitôt que le soleil de l'après-midi baissait, les boeufs se rattelaient, les files de voitures se reformaient en se déployant comme elles avaient fait le matin et la marche en avant reprenait de plus belle. Les cavaliers recommençaient leurs concours de voltige et c'était au pas lent des boeufs, que sans nous en apercevoir, nous allongions la distance qui nous séparait du pays natal de la Rivière-Rouge, en nous rapprochant sensiblement de la région de chasse aux buffalos : la montagne de Bois ou la montagne Cyprès.

Quand la marche avait duré comme celle du matin, de trois à quatre heures, nous nous arrêtions de nouveau près d'un endroit où l'eau potable abondait. Les boeufs se dételaient pour la dernière fois du jour. Sous l'oeil de ceux qui devaient être de sentinelle cette nuit-là, les bêtes fatiguées de leur journée tondaient à pleine langue le gras pâturage de la plaine.

Après le souper, les groupes de veilleurs se formaient autour des feux de boucane, entretenus pour chasser les nuées de moustiques. Les voix s'élevaient déjà de tous les endroits du camp pendant que le soleil disparaissait à l'horizon derrière les contours lointains des montagnes.

Une cloche tinte, le chef fait comme de coutume le tour intérieur du camp, lançant son appel à la prière. Le missionnaire attend devant sa tente dont les pans se sont ouverts tout grands pour découvrir un autel chargé de toutes les fleurs de la majestueuse nature en l'honneur de la céleste reine de la flore : la très Sainte Vierge.

Quelques minutes à peine ont permis à tous de s'attrouper et de commencer la prière : les actes d'adoration, de remerciement, de demande à Dieu de nous continuer ses bienfaits, de résolution de mieux employer l'avenir au service de Dieu et de la Sainte Vierge. Puis, suivant la prière ordinaire : le Pater, l'Ave, le Credo, le Confiteor, l'acte de contrition, les commandements, un soir le chapelet, le soir suivant les litanies ; une allocution du missionnaire, le salut et la bénédiction du très Saint-Sacrement. La nuit tombée, les groupes s'éloignaient pour aller se reformer autour des feux ravivés. La soirée reprenait avec plus d'entrain, les chansons, les histoires, les contes et les souvenirs s'échangeaient d'un feu à l'autre.

Nous, de la toute jeune génération, nous ne savions pas que cette heureuse existence, toute d'espace, toute de liberté sans ombre de contrainte, allait comme l'enfance, comme l'adolescence, pleine des plus belles promesses, s'évanouir dans l'espace d'un soir au matin !

Nous ne savions pas que cette civilisation moderne que nous saluions avec tant d'empressement allait si tôt nous coûter si cher!

Le sommeil sous la tente en pleine prairie a des charmes et des douceurs que l'ordinaire des gens ne connaît pas. La nuit en pleine nature sauvage est toute émouvante de vie, au point que celui qui n'y est point accoutumé ne peut goûter au sommeil. Prêtez l'oreille, écoutez la nuit: des milliers et des milliers de taureaux mûgissent, ce mûgissement rauque des buffalos, qui font trembler la terre à se lancer des défis, des appels au combat; le petit chien sauvage de la prairie glapit comme un renard; plus loin du camp, le loup coyote s'inquiète du voisinage des centaines de chiens domestiques qui aboient et hurlent à coeur de nuit; le grand loup des plaines leur fait écho du haut des buttes. Comment décrire l'échange du chant ou plutôt du cri de l'un à l'autre des oiseaux que l'on appelle bois-pourris?

CHAPITRE III

Le bois-pourri doit son nom aux trois syllabes bien claires et bien articulées de son cri: "bois pourri, bois pourri, bois pourri." C'est un oiseau nocturne de couleur brune, avec des taches blanches grandes comme l'ongle, de la taille d'une de ces mauves ou mouettes que l'on voit par milliers au-dessus des marais dans tout l'Ouest. Il se nourrit de maringouins qu'il chasse principalement la nuit en lâchant des cris de "pi-i-ge" qui lui ont valu ce second nom: pige. Il ne construit pas de nid, il dépose ses oeufs nus sur le sol, deux par deux rarement plus; des oeufs d'un brun foncé tacheté de noir. On les voit le soir voltiger par milliers, s'entrecroisant en tous sens. Ils crient sans répit du soir au matin: "bois pourri, bois pourri, bois pourri."

Un autre bruit incessant qui ne manquait pas de charme, de jour ou de nuit, en dépit de sa monotonie, c'était le coassement des grenouilles.

Ça! le chant d'ensemble de la gent marécageuse n'était éclipsé que par l'incomparable ronde de la danse des poules de prairie. Quel dommage que je ne puisse écrire une musique sur ce régal sonore que la nature des vastes espaces offrait à l'ouïe des coureurs des plaines. Pour ma part, je n'ai jamais écouté ces chants, ces bruits, ces cris sans me figurer les générations passées qui s'étaient endormies à leur rythme.

Deux fois l'an, en effet, la nature convie les poules de prairie à s'assembler dès l'aube pour saluer le réveil du roi des étoiles et le soir, au crépuscule, chanter son départ pour le repos nocturne. Oui, dès que le jour décline, l'on entend les appels des coqs de prairie: "boume, boume, bou-ou-ou! boume, boume, bou-ou-ou!" Puis à mesure que le soir s'affirme, on entend un ronflement sourd, ou plutôt, un immense bourdonnement venant, on ne sait d'où. Bourdonnement scandé par des cris forts et prolongés: "cââte! cââte!" C'est la danse

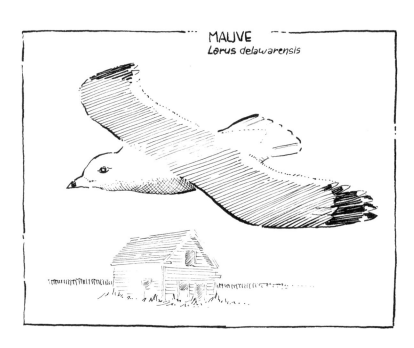

MAUVE
Larus delawarensis

BOIS-POURRI
Caprimulgus vociferus

Bélord

48

des poules de prairie qui commence et qui va durer deux, trois heures et plus.

Pour danser, les poules de prairie s'assemblent sur un coteau, le long d'un cours d'eau, près d'un marais ou d'un étang. On les voit généralement en groupe. Les coqs lancent leurs appels: "boume, boume, bou-ou-ou!" Les poules se poursuivent en courant, à la queue leu leu, battant des ailes de temps en temps, en baissant la tête, et faisant entendre un ronronnement sourd et soutenu que scandent les cris de coqs, plus forts et beaucoup plus hauts de ton. Au loin, vous entendez le ronron puissant de la danse et au-dessus, le boume, boume, bou-ou-ou, boume, boume, bou-ou-ou, à intervalles égaux.

Quand un volier de poules de prairie danse, les poules semblent perdre complètement le sens de ce qui les entoure. Vous pouvez vous approcher jusqu'au milieu d'elles. Aussi, est-il arrivé déjà qu'un chasseur soit tombé en plein dans la danse, et en ait fait rien moins qu'un abattage avant qu'elles eussent le temps de s'envoler. Ce n'est pas arrivé souvent, car les anciens Métis comme les Indiens avaient une sainte horreur de profiter d'une danse pour chasser les poules. En plus, c'était considéré comme un mauvais présage. Superstition, peut-être, mais qui fut certainement une protection plus efficace que ne sont les mesures de la loi préventive d'aujourd'hui.

Ces danses durent généralement jusque très avant dans la nuit. Quand une danse cesse, les oiseaux s'éparpillent dans tous les sens pour revenir à la barre du jour alors qu'elles recommencent. Les danses se font, chaque fois qu'il fait beau au printemps, de la fin de mars jusque vers la seconde semaine de juin. En automne, elles recommencent vers la fin d'août pour cesser de nouveau vers les premiers jours de décembre, mais souvent dès la fin de novembre.

Avant que la culture vienne s'emparer de la majeure partie des terres incultes, toute la campagne vibrait aux accords sauvages de cette danse. Quand la nature s'éveillait au printemps ou quand elle s'engourdissait à l'approche de l'hiver, vous pouviez les entendre; leurs accents nous arrivaient de tous les points du vent, ainsi aujourd'hui les souffleurs de paille des batteuses mécaniques chantent le triomphe de la grande culture. Les poules très réduites en nombre ont pour la plupart déserté nos parages pour aller réjouir les solitudes du nord où les blés n'ont point changé le désert en guéret. Mais elles reviendront, si nos gouvernement ont la sagesse de freiner l'ambition des chasseurs par des lois de prévention.

Les chants des grenouilles et la danse des poules de prairie, n'ont pas été les seules choses de la nature sauvage qui aient laissé chez moi des souvenirs inoubliables.

Qui, par exemple, n'est pas resté transporté d'admiration en contemplant les voliers immenses de canards, d'outardes, d'oies, de cygnes, de grues et de pélicans, sans mentionner les autres volatiles?

Le pays était partout grouillant de vie d'un bout à l'autre de l'année. L'hiver, même quand la nature endormie sous la neige semblait taire toute voix et tout son quelconque, paralyser toute vie, une variété de petits gibiers volatiles conviait les chasseurs à de fréquents exploits. Ne fussent que les joyeux essaims d'oiseaux de neige, ils suffisaient à eux seuls à remplir la campagne de vie, que l'on en oublierait la solitude que l'on est tenté d'imaginer. La plaine avait ses poules de prairie, la forêt ses perdrix, les déserts de givre leurs oiseaux de neige.

En avril, les corneilles, les grives, les gros-becs, les passereaux, les rossignols des prés, et une foule d'autres, nous arrivaient pour saluer le retour du soleil qui venait ouvrir les premiers bourgeons.

En général, du dix au quinze mai, le printemps battait son plein. La nature était en fête, il y avait des bruits, des notes et des chants qui se faisaient entendre de partout. Ainsi les grenouilles dans les prés marécageux, les bois-pourris dans les bois, les poules de prairie et les mauves dans les vastes étendues de la plaine, et beaucoup d'autres qui semblaient ne jamais se taire ni de jour ni de nuit.

Les étourneaux, arrivés dès la fonte des neiges, se groupaient sur des grands arbres, de préférence les ormes parce que ces derniers voisinaient une rivière ou une nappe d'eau.

50

Du haut des ormes, ils chantaient, à plein gosier, des heures et des heures, ainsi jusque vers la mi-juin, alors qu'ils cessaient comme s'ils ne voulaient point troubler le sommeil de leur progéniture ou pour se consacrer à la pâture de leurs couvées. L'étourneau était considéré comme un menu gibier de choix à cause de sa chair très délicate et savoureuse.

L'étourneau nous reste, mais il ne ramage plus comme il le faisait jadis à cause des perturbations dans son habitat.

Toutefois, le menu gibier qui a fait époque dans l'histoire de l'Ouest et plus particulièrement dans la vallée de la rivière Rouge, ce fut la tourte. Celle-ci n'existe plus, du moins officiellement, bien que la rumeur veuille que de temps en temps, des spécimens aient été vus à différents endroits, rumeur qui a été confirmée par le témoignage de personnes dignes de foi. Cependant aucun n'a été tué ni capturé pour fournir une preuve de son existence. La tourte n'est plus. Son passage annuel chez nous s'est interrompu subitement, tragiquement même, pour ne laisser aucune trace. C'est à peine si la science a pu nous en donner une description satisfaisante.

La tourte était un pigeon sauvage de taille moyenne, une grande tourterelle. Du bout du bec au bout de la queue, elle mesurait de douze à seize pouces; rarement plus. Elle avait une livrée d'un gris bleu ardoisé, la gorge et tout le ventre jusqu'aux ailes d'un rose uniforme, variant du rose tendre au rose vif chez les mâles.

C'était un oiseau migrateur, qui restait ici toute la belle partie de l'année, que les Anglais appelaient *passenger pigeon*. Il nous revenait des pays chaud de la fin d'avril au quinze mai, pour y retourner en fin de septembre ou près, après avoir élevé ses couvées, tâche qui lui prenait tout l'été.

La tourte n'était pas un oiseau chanteur, mais c'était un criard assordissant qui ne cessait jamais de se faire entendre d'un soleil à l'autre. Gourmand insatiable, c'eût été certes un oiseau nuisible si le pays de la Rivière-Rouge avait été pays de culture. Il fréquentait de préférence les buissons de hart rouge dont le fruit rond, sans noyau, mûrissait en grappes blanches

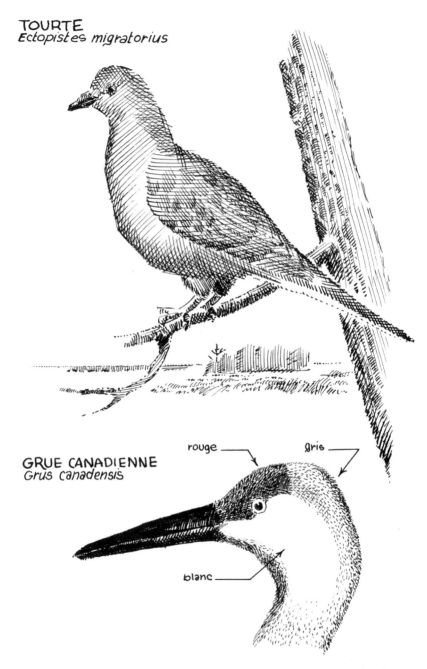

TOURTE
Ectopistes migratorius

GRUE CANADIENNE
Grus canadensis

rouge

gris

blanc

Bérard

52

dès la fin d'août. C'était une nourriture abondante dont la tourte était très friande, sitôt que la fleur devenait fruit.

Comme la tourterelle dont elle imitait le vol et le roucoulement, la tourte construisait un nid grossier dans l'épaisse ramée des arbustes à feuillage précoce. Elle ne pondait que deux oeufs à la fois, que le mâle couvait à la relève avec sa femelle. Sitôt les tourtereaux éclos, la femelle pondait deux autres oeufs que les tourtereaux couvaient à leur tour, sans que les parents eussent à prendre part à l'incubation. Les pontes se répétaient deux ou trois fois, ce qui faisait de la tourte un oiseau prolifique. N'est-il pas surprenant que les tourtes soient devenues si nombreuses, presqu'autant que ne l'étaient les maringouins? On peut l'affirmer sans être taxé d'exagération.

Les anciens de mon âge se rappelleront leurs chasses aux tourtes, alors que ce n'était point extraordinaire pour un tireur d'en abattre jusqu'à cinquante d'un seul coup de fusil, chargé à plomb très fin que l'on appelait cendrée. Ordinairement, nous, petits garçons, leur faisions la chasse à la géole, sorte de filet garni de collets, que nous leur tendions au-dessus d'un espace que l'on avait saupoudré de graines de hart rouge ou d'autre appât préféré. Quand on jugeait que les tourtes étaient assez nombreuses, on laissait tomber la géole, et c'était par bandes qu'elles y restaient emprisonnées. C'était le jeu des garçonnets de dix ans et plus. Vous auriez dû voir ces gamins s'empresser de leur croquer la tête entre les dents!

Quelques-uns relâchaient les oiseaux pris à la géole dans des cabanes exprès, où ils étaient soignés et engraissés afin de les tuer plus tard quand on en aurait besoin, puisqu'on en faisait une énorme consommation.

Un autre jeu populaire chez les petits gars était la cueillette des oeufs de tourtes, que l'on faisait généralement cuire à l'eau bouillante à la façon des oeufs de nos poules d'à cette heure. Ça changeait agréablement le menu. Oh! tenez, j'oubliais de dire que l'oeuf de tourte était de la même grosseur que celui d'un oeuf de pigeon gros comme une pommette, de couleur gris bleu moucheté de brun, picoté comme on dirait, semblable à des taches de rousselure.

Je ne saurais dire d'où venaient les tourtes ni vers quel temps elles arrivèrent au pays. Je me rappelle que les vieux de la vieille nous disaient qu'il fut un temps où il n'y en avait pas, car ils se souvenaient qu'elles étaient rares quand ils étaient tout petits. Quoiqu'il en soit, de mon temps elles devinrent si nombreuses que les gens s'en alarmèrent. Je ne sais pas pourquoi. Alors ils se rappelèrent les conjurations des missionnaires et ils prièrent Mgr Taché de conjurer les tourtes comme il avait, disait-on, chassé les sauterelles.

Mgr Taché se prêta de bonne grâce à la demande des gens. Fut-ce l'effet de ses prières? Toujours est-il que les tourtes ont disparu dans l'espace de moins de trois ans. A l'automne de 1878 elles s'envolèrent pour le climat du sud, comme c'était leur coutume. Elles ne revinrent pas le printemps suivant. Ah! s'il y en avait encore, on en voyait rarement plus de trois ou quatre à la fois.

Les gens crurent d'abord que c'était un cycle, alors que les tourtes à l'instar de beaucoup de gibier, alternaient entre des années de rareté et de grande quantité. Un peu comme le lièvre qui devenait très nombreux tous les sept ou huit ans pour disparaître presque totalement et se repeupler sur un espace de trois, quatre ou cinq ans. Ainsi faisaient les tourtes, mais après 1878, non seulement elles ne se multipliaient pas, mais elles allèrent en disparaissant de plus en plus chaque année. Vers 1900, personne n'en parlait plus, et la jeunesse de ces années-là ne savait pas du tout ce que c'était.

Vers 1896, quand étant aveugle depuis déjà deux ou trois ans, j'étais chez mon frère à Saint-Pierre, Moïse me dit un matin qu'il avait vu trois tourtes. C'est la dernière fois que quelqu'un qui connaissait ça m'en a parlé.

Beaucoup d'anciens ont prétendu que les tourtes se répartissaient en groupes de différentes couleurs. C'était une erreur d'optique. La tourte avait ceci de particulier que son plumage reflétait de façon étonnante le bleu vif ou toute nuance selon l'angle des rayons du soleil. C'était un bel oiseau qui mettait beaucoup de vie dans nos bocages à cause de ses cris incessants: toute! toute! toute! Nous trouvions ça tannant quand nous l'avions, mais nous avons constaté que ne l'ayant plus, il nous manquait considérablement.

Si nous pouvions faire un inventaire de la faune de l'Ouest canadien, ce qu'elle était autrefois et ce qu'elle est à présent, nous serions peinés de constater la disparition d'un nombre surprenant d'espèces et de variétés, surtout parmi les oiseaux. Leur disparition ne saurait être attribuée chaque fois à l'extinction de l'espèce comme c'était le cas de la tourte et d'autres genres. Le buffalo s'est éteint de mémoire d'homme et son exemple devait être gardé comme un avertissement de la nécessité pour les générations actuelles de veiller jalousement à la conservation des espèces que nous ont léguées les siècles passés. Si le buffalo n'a pu survivre à l'épuisement de ses millions en nombre, cela nous invite à une mise en garde contre toute chasse dépassant le surcroît de la reproduction.

L'orignal si nombreux jusque récemment n'est-il point bel et bien en train de s'éteindre? À moins que tous nos gouvernements n'interviennent sans plus tarder par une politique sérieuse et scientifique de conservation, le roi de nos bois va suivre le roi de nos plaines dans l'extinction à brève échéance. Deux espèces qui n'ont été rien moins que refoulées ailleurs où la colonisation n'a pas dévasté leur habitat.

Toutefois, il y a d'autres espèces qui sont dans la même situation, vers le déclin. Autrefois nous avions des bécasses de prairie par milliers, partout où on allait; elles sont rares de nos jours. C'était une grande bécasse dont le corps ressemblait à la perdrix en grosseur. Elle était grise, le cou et les pattes longues et fines. Elle laissait entendre un sifflement aigu, long et fort, spécialement à l'approche immédiate de la pluie. On la recherchait pour la saveur de sa chair délicate.

Un oiseau que nous ne voyons plus c'est la grue jaune, pourtant elles étaient si nombreuses il y a un quart de siècle qu'on les comptait sûrement par millions. J'en ai vu des voliers qui ne couvraient pas moins chacun une superficie de milliers d'acres. Quand elles s'envolaient, elles obscurcissaient le soleil durant plusieurs minutes. Comme son nom l'indiquait elle avait une livrée foncée, gris brun. Elle était la plus petite de son espèce, venant après la grue grise que l'on voit encore en si grand nombre à proximité des étendues de culture de blé et d'avoine. C'était surtout vers la fin d'août et la mi-septembre qu'elle était très facile d'approche à cause de sa grande curiosité. Sitôt qu'elle apercevait quelque chose d'inusité il lui fallait venir voir à tire d'aile ce que c'était. Elle pouvait avoir de quatre à cinq pieds d'envergure et peser jusqu'à douze livres. Sa chair était excellente, ressemblant à celle de la dinde.

La grande grue blanche est un autre cas tragique d'extinction prochaine. Les savants prétendent qu'il n'en reste que moins de cinq cents. C'était le plus grand de nos oiseaux et ma foi! à peu près le plus beau de tous à tout point de vue. Debout en plein champ, il mesurait facilement cinq pieds de hauteur et jusqu'à huit pieds d'envergure. Jadis j'en voyais souvent qui voyageaient par bandes de dix à cinquante. Dans les dernières années que nous les voyions, elles ne se tenaient le plus souvent que par couples. Posée, elle avait soin de se tenir loin de tout ce qui pouvait prêter un affût ou un abri au chasseur qui aurait tenté de s'en approcher à portée de fusil.

Blessée, la grue blanche était dangereuse, comme je devais le constater moi-même quand j'avais une dizaine d'années. Pour approcher le gibier à portée de fusil, les anciens se servaient de boeufs qu'ils conduisaient devant eux, par des détours, dans la direction du gibier. Ils avaient grand soin de marcher à l'abri du boeuf ou des boeufs en se courbant de façon à ne pas être vu, et de se tenir en bas du vent afin de ne pas être flairé.

Or un jour un volier d'une cinquantaine de grues blanches s'étaient posées au milieu d'un pré à moins d'un quart de mille de notre loge. Mon père appareilla deux boeufs à un joug, se courba entre les boeufs et s'avança... La grue blanche à cause de sa hauteur sur pied, et de la vitesse de sa course était difficile d'accès. Quand je vis partir mon père, je me mis à pleurer en le suppliant de le suivre. Pour avoir la paix, il consentit mais en m'avertissant de me tenir bien à l'abri des boeufs, et de ne point trahir ma présence.

Comme bien l'on pense, je fis mon gros, gros possible pour suivre les instructions paternelles. Nous étions à très bonne portée quand les grues s'envolèrent : mon père tira des deux. Du premier coup, une tomba morte; du second coup une superbe pièce tombait à son tour. Pressé de ramasser la plus belle je bondis à pleine jambe sur elle. J'entendis bien mon père me crier quelque chose, mais j'étais trop pressé pour comprendre quoi que ce fût et je continuai ma course. La grue n'avait qu'une aile de cassée, et quand elle me vit venir, elle bondit sur ses pieds, et rapide comme une flèche, partit à ma rencontre.

En l'apercevant, je pivotai sur moi-même et je repris ma course vers mon père. Celui-ci se précipita pour intercepter l'énorme oiseau furieux de douleur. Il était plus que temps que mon père arrivât, car il n'eut que le temps de le frapper avec son fusil déchargé. Il m'aurait bien certainement crevé les yeux de son long bec, ou même encore blessé sérieusement. Je ne devais point mourir de ma première peur!

LA MAISON CHARETTE

58

CHAPITRE IV

Au cours des trente ou quarante dernières années, je me suis demandé bien souvent s'il ne restait pas quelque chose de ces maisons d'hivernement. Je n'en serais point surpris, car j'en ai connu qui étaient déjà vieilles de cinquante ans. Naturellement la durée d'une maison dépend du bois dont elle a été construite. Ne voit-on pas encore aujourd'hui des maisons construites il y a plus d'un siècle par les pionniers et qui servent toujours? Ainsi la vieille maison des Charette que l'on voit entre le chemin et la rivière juste avant d'entrer dans le village de Saint-Norbert, a été bâtie vers 1800 et elle était habitable jusque tout dernièrement.

Tout près de la maison, mais à l'endroit du chemin en allant vers le sud, se trouvait la maison du vieux François Gosselin, surnommé Commis, qui était plus vieille que celle des Charette. Elle a été démoulie vers 1914, et le carré était sain comme de la corne quand elle fut démanchée. Il est vrai qu'elle était de chêne, mais cela ne montre-t-il pas combien longtemps peut durer une maison?

La grande majorité des maisons d'hivernement étaient construites de liard, qui était l'essence la plus commune des forêts du haut Missouri. C'était de beaucoup l'arbre le plus abondant et le plus facile à travailler, mais une fois qu'il avait été équarri, puis mis à sécher à l'ombre il valait le chêne comme durée. Alors, je ne serais pas étonné qu'il y eût encore de ces maisons que j'avais vu construire. Surtout parmi celles qui étaient d'épinette rouge ou de cyprès.

Si je recouvrais la vue, je trouverais bien le moyen d'aller faire un tour dans le haut Missouri. Même si je devais y aller à pied pour voir ce que ce pays-là a l'air à cette heure: la montagne de Bois, Fort Walsh, Rivière Bataille, lac Cyprès, talle de Hart Rouge, Bélanger, Lac la Grenouille, Lac Froid, Havre,

Fort Benton, Kalispell, Great Falls, Missoula, rivière La langue, Roche Jaune, Lewiston, bassin de la Judée. Oui! je donnerais beaucoup pour revoir tout ça!

Savez-vous? Chaque fois que j'y pense et j'y pense souvent, ça me fait ennuyer. Ces noms me rappellent tant de choses, tant de souvenirs! Devant mes yeux éteints, il me semble les revoir passer comme dans les défilés de mon enfance et de ma jeunesse. Je les revois comme j'ai vu les parades des premiers cirques venus à Winnipeg quand j'étais petit garçon. Oui, ça me fait ennuyer mais d'un ennui que j'aime. C'est pour ça que souvent je me tiens à l'écart des autres; pour être seul avec les choses et les gens qui sont depuis longtemps disparus!

A vrai dire, ces années de mon enfance et de mon adolescence ont été si belles! je n'hésite pas à dire qu'elles ont été les plus enivrantes de toute notre histoire à nous Métis, avec l'accent, Métifs. Nous avions la prairie vierge où il y avait encore assez de buffalos pour nous suffire, et les Indiens pacifiés n'étaient plus là pour la disputer. Nous avions avec nous tous les anciens qui avaient vécu le temps de la prairie et de ses guerres. Ces bons vieux qui savaient si bien charmer nos veillées de leurs récits contés à tour de rôle, auprès des feux de camps à la belle étoile. Le ton général était plutôt enjoué, gai, jamais vulgaire à cause de la présence des dames et des vieilles gens envers lesquelles les Métis ont de tout temps fait montre d'une très grande déférence. La note mystique, superstitieuse, était presque toujours dominante: histoire de revenants, d'avertissements et autres genres de peurs semblables.

Nous autres petits garçons, nous nous exercions à imiter nos parents et nos aînés. Nous jouions au tir à l'arc, faisant cible de tout ce que nous pouvions trouver: poteau, écureuils, lapins, lièvres, petits oiseaux, petits chiens de prairie, ce qui pouvait servir à stimuler notre habileté de tireur. Les enjeux étaient des flèches, des boutons, et de temps en temps des bonbons et des fruits. Quand nous fûmes assez grands, c'était du fusil ou de la carabine que nous tirions. Ainsi se faisait l'école de la prairie: en jouant nous faisions notre apprentissage d'habiles chasseurs.

De plus, ces inoubliables longs voyages vécus ensemble, vers les endroits d'hivernement, n'étaient rien moins que des pique-niques qui duraient des semaines et des mois entiers, non seulement pour nous autres, enfants, mais aussi pour les adultes. C'était au cours de ces voyages mémorables que s'allumaient les amours qui aboutissaient à d'heureux mariages. C'était la belle occasion pour les filles et les veuves de se trouver un mari choisi sur la crème de toute la race! Et, prenez ma parole, elles ne manquaient pas d'en profiter. D'ailleurs, c'était ce à quoi, tout en faisant semblant de rien, s'attendaient ardemment les hommes, jeunes et vieux; tous étaient pris du même mal, selon l'âge de chacun.

La vie pastorale en commun au cours de la traversée des plaines depuis la Rivière-Rouge aux montagnes de Bois, de Cyprès, ou aux bords escarpés du Missouri se continuait même après que la caravane eût atteint sa destination. Un repos de quelques jours succédait à notre arrivée et nous en profitions pour retrouver des connaissances ou de la parenté. C'était le temps où les liens de parenté chez les Métis s'étiraient pour ainsi dire à l'infini. Il suffisait à des grands-pères d'avoir une fois échangé des chiens pour que leurs petits-enfants se considèrent comme des parents. Ceux issus des cousins de deuxième et troisième degré redevenaient des oncles et des tantes; les beaux-parents d'enfants unis par le mariage étaient des dittawawok.

La marque par excellence de l'hospitalité était de partager sa table. Or le repas offert comme réception, qui suivait de près l'arrivée de voyages, était une occasion de grande fête et de réjouissances qui pouvaient durer des jours et des semaines. Vous auriez dû voir ce qui se passait sous les toits rustiques des maisons d'hivernement. Les gens se rendaient au lieu désigné par l'invitation reçue tout de suite après le coucher du soleil.

La soirée débutait par un festin, et c'était à qui donnerait le meilleur repas. Pendant le repas, c'était un véritable concours de chansons, après quoi la danse commençait. Parlez-moi des rigodons de toutes les sortes imaginables! Violons, tambours, accordéons, guitares, bombardes et ruine-babines, tout marchait, pourvu que ça fit du train plus ou moins en caden-

HART ROUGE (CORNOUILLER)
Cornus stolonifera   fleurs   fruits

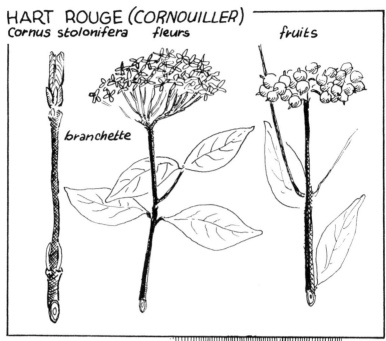

branchette

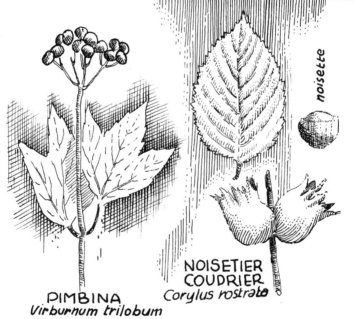

noisette

NOISETIER
COUDRIER
Corylus rostrata

PIMBINA
Virburnum trilobum

BÉRARD

ce! C'était à qui jouerait le mieux, à qui danserait le mieux, à qui chanterait le mieux. Ce qu'il s'en est percé, des souliers mous, ce qu'il s'en est attrapé, des crampes dans les jambes à ces bals à l'huile-là.

Si la maison avait un plancher, celui-ci craquait sous le rythme cadencé des pieds des danseurs. Si la maison n'avait pas de plancher, comme c'était le cas pour la plupart de ces maisons d'hiver c'était le sol nu qui recevait les coups de souliers mous. Les spectateurs alors étaient souvent forcés de sortir pour respirer une bouffée d'air, car la poussière en était suffocante. Des fois, je pense que c'est de ces soirées-là que nous est venue la gigue de la Rivière-Rouge (Oayâche Mannin) quand autrefois, l'unique instrument de musique était un tambour indien.

Un soir, au bassin de la Judée sur le Missouri, nous étions plein la maison, chez Omichouche Godon. La danse commença. Il n'y avait pas de plancher et je ne me rappelle pas s'il y avait un autre instrument qu'un tambour indien, il me semble que non. Des hommes étaient assis à plat par terre autour du tambour qu'ils battaient furieusement aux accords de la gigue de la Rivière-Rouge pendant que des danseurs et des danseuses se démenaient à la relève comme des enragés. Les spectateurs assis à plat tout autour de la pièce, le dos au mur, étaient presque invisibles à cause de la poussière et de la fumée de hart rouge. Les danseurs faisaient des accords en claquant chaque main, en manière de pichenette au-dessus de leur tête, ajoutant un fion de plus à la cadence de leur pas de danse.

La danse, entrecoupée de pauses où l'on chantait, durait jusqu'aux petites heures du matin. Il était fort rare que ces longues veillées dansantes fussent gâtées par la querelle et encore moins par la bataille entre Métis. S'il y avait de la chicane, c'était que des étrangers non invités, que l'on appelait des *Peters*, en étaient la cause. C'était ordinairement des blancs qui cherchaient noise à quelqu'un. Ils trouvaient ce qu'ils cherchaient pour la plupart du temps.

Durant ces années-là, la boisson ne faisait pas autant de ravage que l'on serait tenté de croire. L'autorité des prêtres était à son apogée et ils étaient contre tout usage de l'alcool. En plus, ils ne manquaient point de se tenir à proximité des lieux d'hivernement pour y exercer leur influence, car notre vie de constante promiscuité aurait pu aboutir à des conséquences regrettables dans nos moeurs. Tel ne fut point le cas cependant. Dieu merci!

Un peu plus tard nos moeurs devaient se détériorer considérablement, résultat plutôt de notre contact avec les Américains que celui de notre genre de vie; pourtant deux choses sont à noter. La première, c'est que la femme métisse ne fut qu'à peine effleurée par la baisse morale qui affecta les hommes et particulièrement les jeunes, cowboys, mineurs, cheminots, bûcherons et les hivernants des Etats-Unis. La seconde chose à noter et qui prouve d'après moi ce que je viens d'avancer, c'est que les hivernants en territoire canadien ont pratiquement échappé à la contamination.

La raison de la déchéance morale de ceux qui allaient hiverner au Montana, de même que dans les états limitrophes de ce dernier, fut pendant un certain temps le développement matériel de cette partie de l'union américaine. Le progrès du commerce et de l'industrie devenait excessif au point de se faire aux dépens du développement moral et religieux.

"Je suppose que c'est le cas de partout", comme me le disait le vieux Père Lacombe: "Quand l'argent est facile à faire, il se dépense aussi vite qu'il vient. Là où il y a de l'argent en masse, il y a toutes sortes d'endroits pour dépenser." Ce fut le cas dans le Montana qui devint, du jour au lendemain, le refuge d'un tas d'aventuriers de tout acabit.

De là, des débits de boisson, des salles de jeu, de danse, des maisons de débauche, institutions qui faisaient des affaires d'or, et la police était à vrai dire très insuffisante, alors le cambriolage, le brigandage, le vol, la prostitution, même le meurtre étaient à l'ordre du jour. Par-dessus le marché, au lieu de chasser les indésirables, les patrons du vice se prenaient d'admiration pour les coups d'audace de toute nature, ce qui faisait tourner la tête aux jeunes.

Pour attirer les sourires d'admiration des beautés enfarinées de poudre de riz, des femmes aux cerveaux plus câlins que solides, ou du beau sexe oxygéné, de grâces faciles et de vertu légère, il devint à la mode chez les jeunes que j'ai signalés, de rechercher la popularité en s'affichant comme des durs à cuire. Que voulez-vous? Où l'ignorance prédomine, la vulgarité s'affirme. J'en sais quelque chose, moi qui ai vécu dans une atmosphère comme celle-là. J'y ai échappé pendant quelque temps. J'étais trop jeune, mais j'aurais, sans doute, regagné le temps perdu sans une femme qui se trouva de bonne heure sur mon chemin, mais j'anticipe; retournons à nos soirées dansantes des hivernements.

Parmi les habitués des veillées métisses se trouvaient ceux qui ne prenaient pas part à la danse, pour le moment, et qui s'assoyaient par terre, tout autour de la pièce où l'on dansait. Ils faisaient alors écho à la musique, au tambour ou aux pieds des danseurs en claquant des mains et en lâchant à intervalles égaux des cris aigus de joie: oui! oui! D'autres chantaient sur un ton clair de joie les notes du reel ou de la gigue qui se dansait en chantant des téréli, téréli, térélirité.

Ceux qui pouvaient faire siège de quelque chose, n'importe quoi: une chaise, un banc, un ballot quelconque, une bille de bois, claquaient aussi des mains et téréliraient et battaient des pieds aux accords de la danse. Tout en restant assis, ils répétaient les mêmes mouvements de pieds que ceux des danseurs.

Il y en avait qui étaient de vrais experts dans ce genre de danse assise. Les chansons qu'on y entendait étaient à peu près toutes tirées des vieux répertoires de voyageurs canadiens: "V'là l'bon vent, v'là l'joli vent", "lève ton pied, jolie bergère", "les matelots s'en vont à leur vaisseau", "brigadier répondit Pindore", "Trois jeunes soldats sur le pont Henri IV", "Du temps que j'allais voir les filles", "Souviens-toi belle canadienne, Souviens-toi de ton ami le voyageur", "Bercé par la vague plaintive, à Venise par un beau soir", "T'en souviens-tu Caroline", "J'ai de la tristesse, moi, dans ma maison", "La table est agréable", "Dans Paris y avait une brune".

Ces danses étaient chose du passé chez ceux qui avaient suivi la marche des changements. Mais les hivernants habituels, c'est-à-dire ceux qui vivaient dans la prairie l'hiver comme l'été, restaient toujours en arrière des autres; ils étaient plus lents à adopter les modes nouvelles qui nous arrivaient, tant à la Rivière-Rouge qu'ailleurs, avec chaque arrivée de gens du dehors. C'est à cause de cela que la vie d'hivernement dans les prairies reculées de l'Ouest avait tant d'attraits pour ceux qui ne vivaient que de la plaine et pour la plaine. Ils pouvaient en toute liberté continuer la vie et garder les anciennes coutumes du pays.

Quand à la Rivière-Rouge, tous, ou à peu près, s'habillaient à la dernière mode de Montréal et de Saint-Paul, les hivernants portaient encore les souliers mous, les habits de bouracan, la grande chemise de flanelle de la Compagnie de la Baie d'Hudson, la ceinture fléchée et les mitasses. En hiver, ils portaient leurs capots de drap fin à capuchon, leurs capots de craint-rien et leurs vieux bonnets. On appelait les capots de craint-rien une espèce de paletot court doublé de fourrure.

La chemise de flanelle était le plus ordinairement grise. Si elle était de coton, elle était de couleurs vives. Les pantalons étaient de drap fin, rarement de toile, la plupart du temps de couleur bleu marin; ils étaient de grosse étoffe anglaise de préférence, quelquefois de velours côtelé que l'on appelait corde de roi. Ils se portaient sans bretelles, c'est la ceinture fléchée qui était chargée d'en prévenir la descente! Beaucoup d'hivernants portaient aussi les pantalons que l'on appelait les culottes à bavaloise. C'était des culottes qui s'ouvraient sur une hanche, ordinairement.

La ceinture fléchée était une lisière tricotée de laine de différentes couleurs dont chaque brin avait sa couleur propre. Les couleurs étaient disposées parallèlement sur la longueur et se terminaient en longues franges. Les mitasses étaient une sorte de manchettes, que l'on se passait aux jambes et qui servaient de bas. Elles étaient de cuir ou d'étoffe, surtout de velours et ordinairement habilement travaillées à l'aiguille, comme l'étaient aussi les souliers mous.

Les souliers mous n'étaient autre chose que des mitaines pour les pieds. Ces espèces de mitaines étaient confectionnées à domicile, habituellement par les vieilles femmes métisses durant les longues veillées d'hiver. Elles se servaient de cuir de chevreuil, de cabri, de cerf, d'orignal, de bison ou même de boeuf domestique. Le cuir de boeuf était tanné à l'eau de chaux ou dans une solution d'eau dans laquelle avait trempé une quantité d'écorce hachée de saule ou de chêne, ou des deux mélanges.

Après avoir trempé pendant quelque temps dans cette solution, l'on obtenait le cuir rouge qui était de beaucoup le plus résistant. C'était avec ce cuir rouge, d'abord connu dans le vieux Québec, que l'on faisait les souliers de boeufs et les bottes sauvages.

La préparation du cuir mou à soulier était une affaire assez compliquée. Il fallait en enlever le poil, puis assouplir la peau nue en la fumant et en la frottant, jusqu'à ce qu'elle devînt souple comme du drap et douce comme du chamois.

Il y avait au moins trois sortes de souliers mous. Le soulier en mitaine qui consistait en deux morceaux de cuir cousus ensemble, l'un sur l'autre avec une ouverture pour y entrer le pied. Le soulier en pointe sans broderie, et le soulier dont le dessus et la couronne étaient richement décorés de dessins faits à l'aiguille, avec du crin de cheval teint de couleurs variées, ou bien avec des pointes de dards de porc-épic, des fois même du poil de chevreuil ou de la rassade à grains de différentes couleurs.

Les souliers mous se portaient le plus souvent sans bas tel que nous le connaissons. On le remplaçait par une enveloppe de couverture de laine ou de peau de lièvre, avec le poil à l'intérieur pour protéger la peau. Cette enveloppe s'appelait housse. Le cuir mou ressemblait tout à fait au chamois, mais en plus brun et ayant ordinairement une forte odeur de fumée.

Du cuir obtenu de cette façon, on confectionnait aussi des chemises artistiquement élaborées ainsi que des gilets, des vestons et des culottes, souvent brodées, ayant des franges aux coutures.

La mode chez les anciens Métis était très peu changeante, surtout chez les femmes. Je ne me hasarderai point à vous donner une description détaillée sauf pour dire que les femmes portaient aussi des souliers mous, surtout brodés, des mitasses, une longue jupe de robe qui descendait jusqu'aux pieds, surmontée d'une espèce de justaucorps appelé basque, à manches bouffantes entre le coude et l'épaule, qui se terminaient en pointes montant à la hauteur des oreilles. Le velours était le plus porté.

Chez les hommes, il y eut certaines modes comme celle du capot de craint-rien; espèce de paletot demi-saison avec capuchon. N'oublions pas les culottes bavaloises, sorte de pantalon qui s'ouvrait sur la hanche. Plus tard, quand j'allais voir les filles, nous avions des culottes crampées: pantalons serrés sur les cuisses et les jambes s'élargissant en forme de cloche au-dessus des souliers et abritant les pieds. Pour être du dernier chic, il fallait en même temps porter un chapeau haut, à bord très large et droit. C'était déjà presque le chapeau de rancher. En hiver, nous portions des mitaines de cuir, avec ou sans fourrure, et retenues ensemble par un cordon qui passait sur les épaules et sur la nuque. Quand nous les ôtions il était de bon ton de les laisser pendre à chaque bout du cordon. Celles des plus gesteux étaient brodées de couleurs voyantes avec de la fourrure au-dessus du poignet et quelquefois avec de la rassade.

En hiver, la chasse au buffalo se faisait en raquette ou en traîne. La traîne était un grand traîneau sur lequel on attelait un cheval ou un boeuf. Les chasseurs partaient de grand matin, au tout petit jour. Le temps le plus propice était quand il faisait mauvais, même tempête. Les animaux avaient alors l'habitude de se coucher la tête basse et le nez au vent: les taureaux faisaient demi-cercle au bord du troupeau. Les chasseurs n'avaient qu'à s'avancer en silence, à rebours du vent, pour s'en approcher à bout portant, à brûler comme on disait dans le temps. Ils pouvaient ainsi en abattre un nombre suffisant en très peu de temps.

L'hiver, le taureau était excellent, mais au printemps, pendant le rut, en juin, il devenait absolument immangeable. La chasse à la vache était toujours en vogue parce que sa chair était supérieure en tout temps.

Le taureau se chassait avant tout pour sa peau car elle était beaucoup plus riche en laine, plus forte et plus belle à l'oeil. Ça ne voulait pas dire que toute la carcasse d'un taureau tué pendant l'été était perdue. Non, mais il y avait bien du gaspillage. Heureusement que la viande, en séchant au soleil et au fumage, perdait presque tout son mauvais goût dû à la saison. De plus, nos vieilles savaient si bien la préparer qu'elles en minimisaient considérablement la perte.

La chasse à la vache, au printemps, juste au temps où elle devait vêler, a été une des principales raisons de la décimation des troupeaux de buffalos. D'abord, une génération cessait d'exister avant de naître puisqu'elle mourait avec la mère qui se faisait tuer. C'était le moyen le plus sûr et le plus rapide de supprimer la race en réduisant le nombre et la reproduction.

Le but immédiat de la chasse d'hiver était le ravitaillement en viande. Elle était donc faite sur une moins grande échelle que celle des autres temps de l'année. Elle n'entraînait point non plus l'énorme tâche de dépeçage, ni la préparation élaborée de la viande pour en faire du pemmican. Bien que supérieures en qualité, les peaux d'hiver étaient destinées aux fins domestiques plutôt que commerciales.

Il était très important de repasser les peaux avec tout le poil dès qu'elles avaient séché, lorsqu'on voulait en faire des robes, des capots, des bonnets, des casques, des selles, des tapis de selle, etc. Pour ces raisons, on choisissait les peaux de boeufs de cinq ans, l'âge où le buffalo était à son meilleur sous tous les rapports.

On appelait cette sorte de cuir, cuir de maison, car il se faisait en hiver lorsque les femmes avaient plus de temps libre. En été, elles avaient leur besogne dans la fabrication du pemmican. De plus, l'hiver était la saison des longues veillées par groupes alors que les corvées étaient d'organisation facile. Les vieilles en profitaient pour confectionner le cuir et les habits nécessaires aux besoins de la famille.

Enfin le cuir de maison était simple à faire. La peau, fortement tendue sur un brancard jusqu'à ce qu'elle fût bien sèche, était grattée de ses impuretés, puis amollie par un frottement vigoureux sur son envers, jusqu'à ce qu'elle fût aussi souple que du drap. Pour lors les femmes n'avaient qu'à y ajouter des dessins de teinture ou de vermillon, de quoi agrémenter les soirées.

Grâce à tous ces procédés, les peaux d'hiver, une fois finies, étaient considérées comme des peaux de choix et elles primaient sur le marché, particulièrement celui des Etats-Unis. Il y avait des gens qui achetaient des peaux de choix et employaient des vieilles pour faire le travail. Mon père faisait ce commerce payant sur une assez grande échelle, ce qui prouvait que c'est le travail des autres qui paie le plus. Je suppose que s'il eût vécu de notre temps, au lieu d'être un homme d'affaires, il eût certainement passé pour un vil capitaliste, un buveur des sueurs d'autrui.

En fin de compte, si la chasse d'hiver n'était pas aussi importante que celle du printemps ou de l'été, proportions gardées, elle était plus rémunératrice et surtout, elle était moins dangereuse parce que les participants étaient moins nombreux et ils n'étaient pas montés. Elle avait quand même ses périls si l'on songe que le chasseur chassait à pied et l'on peut se faire une idée de sa situation quand un buffalo blessé se mettait en défense.

A côté des aléas de la chasse elle-même, il y en avait d'autres avec lesquels il fallait compter. Dans une tempête, des gens de peu d'expérience pouvaient s'égarer et périr, à la merci de la plaine nue. Des hommes rompus au métier d'hivernement auraient ri d'une nuit passée dehors, surtout s'il y avait du bois à la portée de la main, mais pour un mangeux de lard, comme on appelait les gens inexpérimentés, ce n'était pas la même chanson. Je me rappelle d'une chasse d'hiver où des chasseurs s'étaient écartés dans une tempête et qu'un nommé Joseph St-Germain s'était gelé les pieds "au bout du Bois" non loin du site actuel d'Estevan.

CHAPITRE V

Au printemps, dès la fonte des neiges, nous quittions comme de coutume le camp d'hivernement pour gagner un autre bord. Soit plus au sud, soit vers le nord, du côté du Fort Layusse (Edmonton), Saint-Albert, ou plus loin; enfin pour revenir à la Rivière-Rouge où déjà le buffalo se faisait rare, pour disparaître complètement en 1868, après la crue en même temps que les sauterelles.

J'avais eu neuf ans l'automne précédent et mon père avait décidé de revenir à Saint-Norbert d'où nous étions partis deux ans auparavant. Le retour se fit sans autres incidents que trois ou quatre chasses à course aux buffalos à la montagne Cyprès, puis à la montagne de Bois, deux endroits où nous avions rencontré une foule, comme on appelait un troupeau d'un nombre prodigieux, avec lequel notre caravane était restée en contact, permettant à nos compagnons de voyage d'en tuer environ quatre mille.

Nous comptions à peu près 500 charrettes et ça nous a pris trois semaines pour enlever la viande et la mettre en pemmican.

Les animaux abattus, identifiés, étaient écorchés le plus tôt possible, et accommodés sur-le-champ. Les peaux enlevées étaient tendues sur des brancards, espèce de cadre de perches droites, sur lesquels elles séchaient au soleil et à la fumée jusqu'à devenir raides comme du bardeau. Ensuite, elles étaient grattées avec des instruments tranchants, d'un côté pour enlever le poil et de l'autre pour ôter ce qui restait de graisse, de chair et autres impuretés qui y étaient collées. Ce dernier procédé s'appelait enlever la maque.

Le poil et la maque s'enlevaient à l'aide de grattoirs tranchants fabriqués à la main avec des bouts de lames de cou-

71

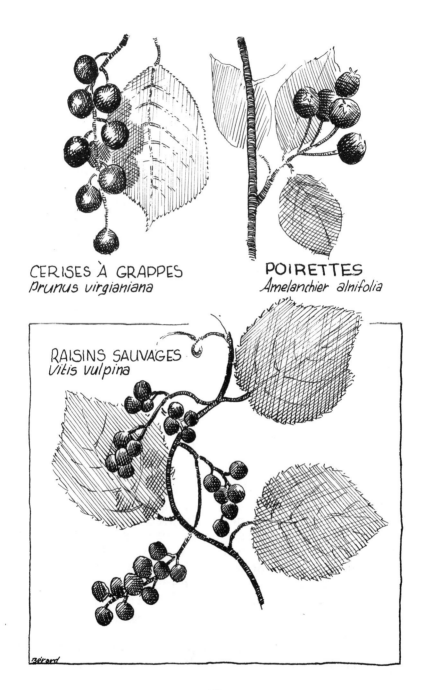

CERISES À GRAPPES
Prunus virgianiana

POIRETTES
Amelanchier alnifolia

RAISINS SAUVAGES
Vitis vulpina

Bérard

teaux, des bouts de cercles de fer, de ciseaux à bois; enfin, le tout solidement attaché à un manche ou à une poignée commode à manier.

L'enlèvement du poil et de la maque était une besogne d'homme, mais les femmes, quand elles en avaient le temps y prenaient part avec beaucoup de succès à cause de la patience méticuleuse qu'elles y mettaient. Pendant que les hommes dépouillaient les peaux de leur poil et de leur maque, les femmes dépeçaient les carcasses, taillaient la viande en lanières très minces pour la faire sécher rapidement au soleil, sur des grils de branches sous lesquels fumaient des bouses de buffalo, pour en éloigner les mouches et pour en précipiter le séchage.

La viande prenait au moins deux jours pour sécher à souhait. Après quoi, elle était ensachée dans des récipients de peau, ou mise dans des paniers d'osier, de jonc ou de cuir. Quand les peaux étaient débarrassées de leur poil et de leur maque, plumées comme disaient les Métis, on en faisait des bâches que l'on appelait peaux de batterie, à même lesquelles on taillait des loges, des sacs, des lanières, des fouets, des tambours, voire même des boucliers ou pare-flèches.

L'expédition de chasse durait aussi longtemps que les charrettes n'étaient pas toutes chargées. Il fallait aussi que le temps fût propice. L'on n'abattait pas plus d'animaux qu'il n'était possible d'en accommoder sur-le-champ, sinon l'on risquait de voir la viande devenir impropre ou se gâter complètement, ce qu'on appelait voir tourner sa viande. C'eût été fréquent, sans la tradition de la prairie de s'aider les uns les autres, et de disposer de toute la viande tuée avant qu'il fît trop chaud ou qu'il tonnât. Après un abattage, tout le monde avait sa part, qu'il eût participé à la chasse ou non. Dans ce temps-là, ce n'était pas rien que chacun pour soi comme à cette heure. Il y en avait qui étaient catholiques pratiquants parmi les Métis. Tous n'avaient pas encore été gâtés par la civilisation!

On arrêtait la chasse pour faire le pemmican. Quand la viande était sèche à craquer, elle était pilée aussi fine que possible, en la battant avec un bâton, un fléau, un pilon ou un caillou. Réduite en poudre, la viande était mise dans de grandes marmites de fonte dans lesquelles bouillait du suif, ou plus souvent de la graisse de moelle de buffalo, obtenue d'abord en cassant les os et en les laissant bouillir.

Le mélange de la viande sèche pulvérisée, avec du suif ou de la graisse de moelle, en bouillant donnait une pâte dont l'épaisseur était réglée à volonté. A cette pâte, si la saison le permettait, on ajoutait des petits fruits secs ou pilés: poirettes, raisins sauvages, étrangles, sorte de cerises à grappes que l'on pilait avant de s'en servir comme ingrédient dans la fabrication du pemmican.

Cette pâte était versée toute bouillante dans des sacs de peau de batterie que l'on fermait hermétiquement à couture de nerf ou de babiche. Ces sacs étaient laissés pour sécher dur comme de la chandelle, soit au soleil du voyage ou à la patience de 40, 50, 60 années. Plus il vieillissait, meilleur il était. Le pemmican se mangeait de différentes façons: soit comme ça sans aucun apprêt; soit rôti dans sa graisse ou bouilli. Beaucoup le préféraient bouilli dans de la pâte à crêpes, en rababout. Un sac de pemmican, qu'on appelait un taureau, devait peser cent livres exactement. Celui qui en goûtait pour la première fois y trouvait une saveur de suif mais qui disparaissait avec l'habitude, tant il est vrai que tout est bon pour qui a faim.

Quant à la viande sèche non pilée, elle était délicieuse. L'on apportait ça dans ses poches pour la grignoter, chemin faisant, comme des biscuits ou des bonbons.

Les Métis savaient tirer plusieurs produits du buffalo. D'abord, on faisait le commerce de la peau comme pelleterie, comme cuir lent ou préparé. La viande se vendait sèche, salée, fumée, mais surtout en pemmican. La langue, apprêtée comme la viande, s'exportait en plus de fournir le pays. En outre la peau nous donnait le matériel dont nous confectionnions nos loges, nos habits, nos souliers, nos cordes, et la babiche qui servait à solider nos charrettes et nos traînes. La babiche était une lanière étroite comme un lacet et qui servait de ficelle.

Le principal marché sur lequel nous écoulions les produits de la chasse était la Compagnie de la Baie d'Hudson, qui les expédiait dans ses postes plus à l'ouest, dans le nord et jusqu'en

Angleterre. En dernier, il y avait aussi les Etats-Unis où le grand débouché se trouvait à Saint-Paul.

Notre voyage de Saint-Norbert jusque dans le haut du Missouri nous avait pris presque deux ans. Nous étions partis à l'approche de l'automne de 1865 et nous revenions en juillet 1867. Les sauterelles s'étaient abattues sur tout le pays, et avaient détruit les récoltes. Je me rappelle avoir vu les ravages, l'aspect dénudé des bois et des champs qui avaient été dévorés jusqu'à la dernière feuille et jusqu'au dernier épi.

La misère était grande et des secours étaient attendus du dehors : des Etats, du Canada, de l'Angleterre. La Compagnie de la Baie d'Hudson avait déjà distribué de nombreux effets parmi la population.

Il était évident que le buffalo s'en allait à vue d'oeil. Ordinairement, quand nous revenions de la prairie, nous ne montions pas sur une butte ou sur une éminence quelconque sans en voir par-ci, par-là, qui mangeaient par deux, par trois, par quatre et à tout bout de champ, comme l'on disait, par groupes plus nombreux et plus rapprochés les uns des autres.

Cette fois-ci, nous avions remarqué que depuis notre descente des terres qui marquent la limite occidentale de la vallée de la rivière Rouge, nous n'avions pas vu même un seul buffalo, et la hauteur de l'herbe et du foin démontrait qu'il n'avait pas été pacagé comme de coutume.

Les eaux des deux derniers printemps avaient rempli tous les petits lacs, les marais et les places basses, de sorte qu'il y avait beaucoup de canards, de petit gibier volatile mais aussi des nuées de maringouins.

CHAPITRE VI

A notre arrivée, nous petits garçons, étions heureux de rencontrer nos petits cousins, nos petits amis et il nous tardait de revoir une foule de choses à commencer par le vieux chez-nous. Notre joie du retour, cependant fut de courte durée, car à peine étions-nous installés que mon père fut grandement désappointé de constater la misère qui régnait dans le pays menacé par les troubles de la Rivière-Rouge. Dégoûté, il se mit à songer à retourner à la prairie et à l'hivernement. Sans se rendre compte exactement des changements survenus depuis les derniers quatre ou cinq ans, mon père ne retrouvait plus dans la colonie de la Rivière-Rouge le même esprit d'union et de camaraderie qui avait toujours existé chez les gens d'origines raciales et de religions différentes. Il n'était pas le seul qui n'était pas satisfait de la tournure des choses.

Les anciens semblaient sentir qu'il y avait quelque chose d'insolite dans l'air. Les étrangers, surtout ceux qui nous étaient venus de l'Ontario, étaient les plus ardents semeurs de division raciste et religieuse. Ils se donnaient le mot pour aviver la discorde entre les différents groupes de la colonie de la Rivière-Rouge. Ces émigrés de l'Ontario appartenaient tous à la secte orangiste et donnaient l'impression qu'ils rêvaient de faire la guerre à la Compagnie de la Baie d'Hudson, à l'Église catholique et à tout ce qui parlait français. En un mot, selon celui de mon père, le diable était dans la cabane. Les derniers arrivés voulaient être les maîtres de tout et partout.

C'était avec dépit que nous voyions progresser les préparatifs d'un nouveau départ. Mon père qui partageait notre déception eut l'ingénieuse pensée de nous apprendre que si nous ne repartions pas, nous serions obligés d'aller à l'école. La question fut réglée. Nous aimions mieux repartir tout de suite que d'être obligés d'adopter la vie des petits blancs et d'aller à l'école. Nous pensions à tout ça quand un bon matin de fin d'été, on

77

alla se joindre à une caravane qui s'ébranlait deux jours après, pour les hivernements dans le fond de l'Ouest.

En revenant du dernier voyage, nous avions passé par la montagne de Bois où la traite était très bonne. C'est de ce côté-là que nous avions l'intention de nous diriger. Notre idée était d'aller hiverner au Lac La Selle, puis de monter à Saint-Albert, à 12 milles au nord d'Edmonton, où le printemps suivant, mon père traiterait avec les Indiens et les Métis, dont un bon nombre étaient venus de la Rivière-Rouge à la recherche du buffalo.

Le dernier jour de juillet nous étions au lac des Chênes qui fait l'embouchure de la rivière Calumet à trois ou quatre jours de marche au sud du Fort Ellice, non loin de la rivière Queue d'Oiseau.

Au lac des Chênes, on avait croisé des gens du lac Manitoba qui revenaient de la montagne de Bois où on allait. Ces gens-là nous avertirent qu'il y avait une grande sécheresse sur la prairie, et que si nous voulions nous éviter de la misère avec nos boeufs à cause de la rareté d'eau, nous devions longer les rivières le plus proche possible. Ce fut un conseil des plus salutaires, car à peine avions-nous quitté les environs du lac des Chênes que nos boeufs souffraient déjà visiblement de la soif. Nous avons foncé sur la rivière Assiniboine au plus court, pour la suivre jusqu'à deux jours de marche, passé la rivière Castor.

Avant d'arriver à ce dernier endroit nous avons fait un détour, par la coquille Pilée pour faire plaisir aux vieux qui l'appelaient la Cotchille Pilée. C'était une plaine d'à peu près cent à cent vingt milles carrés, toute couverte d'arbustes de huit à dix pieds de hauteur que les anciens nommaient bois de graine de chapelet.

C'est un petit arbre de bois très dur, à l'écorce noire et lisse, au feuillage luisant argenté. Il donne une graine argentée de la grosseur d'une fève jaune. Je ne sais pas pourquoi ça été nommé graine de chapelet si ce n'est à cause de sa forme et de sa grosseur. S'inspirant de la couleur argentée du bois qui la couvrait, les Anglais étaient en train de changer le nom de Coquille Pilée en celui de Whitewood, nom qu'il porte aujourd'hui.

Les vieux tenaient à passer par là, parce qu'il y a soixante ou soixante-quinze ans c'était un lieu populaire d'hivernement. Une année, un groupe de cent à cent cinquante familles métisses de la Rivière-Rouge s'y étaient installées pour hiverner. A côté, se trouvait un gros camp d'Indiens cris qui fut attaqué durant l'hiver par une forte épidémie de grosse picote. Des chiens transportèrent des germes de la terrible maladie dans le camp d'hivernement métis, ce qui le décima totalement dans l'espace de quelques jours. Pas un seul Métis ne s'en réchappa. Il n'y resta même personne pour donner la sépulture aux victimes, qui devinrent la pâture des loups pour le reste de l'hiver, et des corneilles au printemps.

Rendus à la rivière Castor, nous nous inquiétions déjà à cause des feux de prairie qui taillaient dans nos pacages de route; donc nous avons biaisé quelque peu vers la Mâchoire d'Orignal, où l'on venait d'apprendre que des pluies récentes avaient mis fin à la sécheresse. Comme de fait, l'herbe à buffalo y était plus abondante, plus teandre et l'eau était plus commune. Les petites rivières, les coulées et autres petits cours d'eau avaient recommencé à couler, et l'eau montait dans les étangs et petits lacs. Il en était temps, car le mois d'août tirait sur sa fin et on était encore loin de notre nouvel objectif, le bassin de la Judée sur le Missouri.

Le feu de prairie qui nous entourait n'avait à vrai dire rien de dangereux, mais il terrifiait les femmes, affolait les enfants, en même temps qu'il énervait les boeufs et les chevaux attelés. Il était ordinairement précédé d'un nuage épais de fumée qui rendait la respiration et la vue difficiles, quand il n'aveuglait point complètement. A l'occasion de ce feu, la fumée durait depuis quatre ou cinq jours. Nous n'avions pas une idée juste de l'endroit où il était, vu la difficulté d'aller le localiser à cause de l'atmosphère enfumée. Nous savions par l'odeur qu'il exhalait qu'il brûlait dans la tourbe, et comme ces endroits n'étaient pas nombreux, nous avions une idée approximative de sa distance.

Au bout d'une semaine environ, pendant laquelle nous marchions plus lentement et plus difficilement, la fumée monta, ce qui indiquait que le feu n'était plus dans la tourbe ou que le

LIÈVRE DES PRAIRIES
Lepus townsendi

CHIEN DE PRAIRIE
Cynomys ludovicianus

Bérard

vent changeait de direction. C'était le temps de l'année où le vent souffle tous les jours avec vigueur. Notre conjecture ne tarda point à se confirmer. Les poules de prairie s'enfuyaient en volant à une grande hauteur pour aller tomber au hasard, suffoquées, dans la direction vers laquelle le feu marchait. La vélocité du vent augmentait de jour en jour, le feu marchait de plus en plus rapidement. Les chevreuils, les cabris, les cerfs, les grands lièvres, les petits chiens de prairie, les renards, les loups, même les buffalos que nous n'avions pas vus depuis notre départ, sortaient de leur retraite comme par enchantement et tout ça s'enfuyait à toutes pattes.

Le conseil, sans en rien faire savoir, s'était alarmé. Les découvreurs dépêchés en reconnaissance battaient les flammes et allumaient des feux restreints pour modérer l'air d'aller du feu principal. Les découvreurs firent rapport au conseil que le feu courait sur un grand côteau qui serpentait entre deux immenses muskegs. On appelait muskegs des plaines jadis marécageuses, égouttées par des saisons successives de sécheresse, recouvertes de grand foin à couverture rendu plus épaisses par une pousse vigoureuse de roseaux et de quenouilles.

Le foin à couverture, qui croissait un peu partout à hauteur d'homme, avait une tige ronde et rigide qui se terminait par une tête semblable à celle du roseau. Outre sa haute valeur nutritive pour les animaux, on s'en servait à cause de sa résistance comme substitut de la paille dans la construction des toits de chaume. De là son nom de foin à couverture.

La quenouille, une variété de roseau à tige longue terminée par une espèce de fuseau de coton, était un combustible excellent pour le feu de prairie. Elle croissait généralement à la hauteur du foin à couverture.

Le feu qui longeait le muskeg constituait un très grand danger pour la caravane pour plus d'une raison. La traversée du muskeg n'était pas chose facile. Il y avait au moins trois jours de marche en largeur et encore plus en longueur. Le contourner imposait un détour que nous n'avions plus le temps de faire, de sorte que, faute de choix, nous avons décidé de passer à travers. Ce muskeg était recouvert d'un épais humus vieux d'au moins un siècle et qui de mémoire d'homme n'était jamais passé par le feu. Ce fond de muskeg asséché par deux années de sécheresse en avait fait un véritable tapis de tondre.

Mieux que quiconque, le conseil se rendait compte de la gravité du péril dans lequel se trouverait la caravane si le feu pénétrait jusque dans le muskeg. Quand il dépêcha tous les découvreurs, il donna des instructions aux plus vieux dans le métier de la prairie de ne point revenir tout de suite, mais de le tenir au courant, au jour le jour, de tous les détails de la situation. Pour ne point alarmer les gens, surtout les femmes et les enfants, un service d'estafettes apportait les nouvelles du feu avec instruction d'atteindre le camp par le circuit secret.

Deux jours de plus s'étaient passés sans autre changement qu'une accélération du vent. La troisième journée nous vîmes venir les découvreurs à bride abattue, sans détour ni circuit. En les voyant venir ainsi nous avons compris que le feu s'était engagé dans le muskeg. Le conseil s'attendait à cela. Il avait pris ses précautions. Il avait fait un grand cerne en brûlant une longue bande circulaire de la plaine, pour protéger les voitures et pour le pacage. Le conseil avait sondé minutieusement le lit d'une chaîne d'étangs, qui formait le fond d'un immense repli allant communiquer avec la rivière La Vieille, distante de plusieurs jours de marche à l'est d'où nous étions. Enfin par des exercices de manoeuvre, il avait assuré le bon fonctionnement des voitures toutes attelées vers les étangs qui avaient de l'eau, afin de les abriter contre les flammes.

Poussé comme par un ouragan, le feu venait avec une rapidité telle que des troupeaux de cabris et de chevreuils ne pouvaient se sauver sans être rattrapés et rôtis sur pied. Concevoir la terreur, que le fracas de cet immense pan de flamme de près de cent pieds de hauteur pouvait jeter dans l'âme, serait au-delà de l'imagination.

Chose extraordinaire, cependant, les gens, femmes et enfants, qui d'habitude étaient affolés à l'approche de la mort qui se jetait sur eux avec un aspect d'enfer, se calmèrent comme par enchantement. J'ai toujours cru que ce fut l'effet de la confiance inspirée par la présence des Pères Saint-Germain et Lacombe au milieu de nous. Le Père Saint-Germain nous accompagnait depuis un mois. Le Père Lacombe nous avait rejoints la veille au soir en revenant d'une tournée dans ses missions. Tous deux avaient fait promettre aux gens de la caravanes trois jours de jeûne et une communion, les assurant que personne n'aurait de mal. Etait-ce cela? Toujours est-il que cet encouragement des Pères semblait avoir dissipé toute frayeur, et quand le tourbillon de feu nous passa par-dessus la tête, ce fut si vite fait que pas un n'eut le temps de se rendre compte de ce qui s'était passé. Dans l'espace de moins d'une minute le jet de flammes nous enveloppait, et la minute suivante il était passé. Personne n'avait gros comme ça de mal.

Quand le crieur donna ordre aux voitures d'entrer dans l'eau des étangs, ce fut exécuté sans mot dire. Le feu passé, le même ordre prévalut, en sens inverse. Les voitures sorties de l'eau, les boeufs furent dételés à la lueur vive de l'incendie en fuite. Peu de temps après, l'aurore parut. Une heure plus tard, les tentes étaient plantées et tout le monde couché, sauf les gardes qui redoublaient de vigilance autour des boeufs occupés à pacager.

Cette nuit-là je mis longtemps, longtemps à m'endormir. Pourtant, j'étais exténué. Je ne parvenais point à chasser de mon esprit la scène épouvantable qui s'était déroulée sous mes yeux encore consternés. De-ci de-là, nous arrivaient les hurlements terrifiants des loups en détresse comme s'ils voulaient se la crier les uns aux autres. On aurait dit des damnés s'efforçant de dominer les échos de l'enfer.

Un énorme soleil roux se levait dans une atmosphère de fumée, quand enfin je finis par perdre la notion des choses et des hommes, engourdi d'un sommeil bienfaisant qui me fit oublier l'affreux cauchemar de la veille, la panique des attelages, la trombe de feu, l'enfer et ses damnés hurlants.

Les missionnaires nous retinrent pendant cinq jours pour permettre à nos boeufs de se remettre et de se reposer. Nous profitâmes de ce répit pour accomplir notre promesse sous la direction du Père Lacombe.

Quinze jours plus tard, nous étions au bassin de la Judée. La plus grande déception de notre histoire à ma connaissance, nous attendait. Les feux de prairie y avaient causé plus de dégâts qu'en territoire canadien. Une vraie disette de pacage forçait le buffalo à reculer plus au nord et plus à l'est de son habitat coutumier. Il était, disait-on, dans les alentours de la montagne Cyprès, quasiment sur la fourche des Gros-Ventres, comme nous appelions la Saskatchewan du Sud, dont la source se trouvait sur le terrain traditionnel de la tribu des Gros-Ventres.

On se trouvait pas mal démonté de ce contretemps, mais à quoi bon? La prairie était toujours là. Et personne de nous n'avait eu d'autre mal que celui d'une bonne frousse. Sur ces entrefaites, nous nous étions laissé dire qu'un groupe de familles métisses canadiennes étaient en train de s'organiser en caravane pour gagner le Fort Layusse, où, disait-on, il y avait encore du buffalo en assez grande quantité. Ce mouvement tombait en plein dans le goût des missionnaires, qui cherchaient sans cesse à entraîner en territoire canadien les Métis catholiques.

A notre agréable surprise, la caravane était déjà presque toute organisée. Le conseil avait été formé, le règlement de marche approuvé. Tout était prêt pour le départ à deux ou trois jours d'avis. On attendait au Fort Layusse quelques hommes qui décideraient du mode de trajet, en traîneau ou en charrette, selon la condition des chemins.

C'était une bauche, selon l'expression du temps pour signifier une longue route de près de 500 milles, un mois de marche au moins.

Les quatre hommes attendus du Fort Layusse arrivèrent à cheval: Ladéroute, L'hirondelle, Gariépy et Lafournaise, surnommé La Boucane. Tenez, j'ai su tout récemment que ce dernier, Napoléon Lafournaise dit La Boucane, venait de fêter sa 100e année à Great Falls, au Montana. Il ne peut pas être si vieux que ça. Quatre vingt-dix, possible, mais pas cent ans. Enfin s'il vit, c'est le principal. Bonne chance, Poléon, à bientôt, bon voyage et pas trop de dégât avant d'arriver de l'autre bord!

La caravane comprenait 230 familles, douze cents âmes en tout, 1,200 charrettes dont 250 chargées de loges de cuir, de robes et autres accessoires de campement. Afin d'utiliser l'espace et la chaleur des robes comme couvertures, les créatures et les enfants étaient tassés le plus possible. Tous les hommes étaient à cheval. Ils devaient monter les loges, étendre les lits et entretenir les feux. Le service de découvreurs était réduit à son minimum, vu la saison, mais celui de la garde des boeufs et des chevaux était au complet.

Le 15 novembre au matin, tous assistèrent à la messe et beaucoup communièrent. Vers le milieu de la matinée, la caravane s'ébranla. La saison étant fraîche, la marche était rapide et nous marchions pendant dix heures, si bien que huit jours après, nous contournions le pied de la butte du Foin Senteur, que les Américains ont appelé Sweet Grass, devenu port d'entrée à la frontière. De là nous avons serpenté les falaises qui font bordure aux pieds des montagnes.

Pour la semaine de Noël nous étions à Saint-Albert, où nous nous installions dans les quartiers d'un hivernement de l'année précédente.

C'était le meilleur hivernement que nous avions eu jusque là, le dernier que mon père devait vivre et le plus heureux à tous égards. Les cavaliers s'étaient occupés assidûment de l'état des voitures, des attelages et du confort des gens.

En général, les quartiers avaient été bien construits, grâce à la qualité supérieure des beaux troncs d'arbres d'épinette rouge. Le nôtre était plus spacieux que la maison que nous habitions à la Rivière-Rouge. Il comprenait un carré principal, une allonge d'égales dimensions, avec une belle grande cheminée à chaque bout. Il avait été occupé par deux familles qui l'avaient très bien entretenu! Sur un terrain reçu en concession, un Français ou un Belge avait construit la maison avec l'intention d'en faire son chez soi permanent. Son beau-frère devait s'occuper de vendre la maison, les meubles, une vache et son veau, et du foin à qui viendrait s'y installer.

En échange, mon père lui a donné un fusil double à capsule, de la poudre et du plomb. Ce fut un très bon marché. La vache avait fraîchement vêlé, le veau avait un peu plus d'une semaine. Le foin était en meulons à deux milles de là. C'était un mélange de jargeau et de pois sauvage, du fourrage de première qualité. Nous avons constaté par la suite qu'il y avait une vingtaine de bonnes charges de charrette.

Le Saint-Albert de ce temps-là n'était pas où il est à présent, mais un peu plus à l'est, dans le bois. Le buffalo n'était point aussi nombreux que nous l'aurions désiré, mais le gibier d'autres sortes était abondant: l'orignal, le cerf, le chevreuil, le mouflon, le mouton de montagne, les animaux à fourrures. Les bois étaient grouillants de petits lièvres et de perdrix. C'était une espèce de paradis terrestre. Mon père ne tarda pas à profiter de tout cela.

Mais, comme nous le disaient souvent les missionnaires, le bonheur parfait n'est point de ce monde. La mission de Saint-Albert avait une école et ma mère, qui avait été l'élève des soeurs à Saint-Norbert, tenait mordicus à ce que nous y allions. Nous avions à peu près trois milles à faire en traîneau avec un bon cayousse, et dans le bois il n'y avait pas de raison, d'après maman, de manquer l'école. Ça ne nous plaisait pas trop, mais papa n'était jamais à la maison et il n'y avait pas moyen de regimber avec maman en charge. On alla donc à l'école durant tout l'hiver et jusqu'au mois de janvier 1870.

Mon père avait ravitaillé son fond de commerce à la compagnie au Fort Garry. Tout était de provenance anglaise, donc de qualité supérieure à ce que les autres traiteurs, qui se stockaient de marchandises américaines, avaient à offrir. De plus, mon père était avantageusement connu comme payeur au plus cher et pour donner bon compte. Il faisait des affaires d'or, se spécialisant dans l'échange des habits de peau d'orignal, de chevreuil et de caribou. Il ne perdait point non plus une occasion de trafiquer dans la pelleterie. C'est ainsi qu'il se rendait en traînes à chiens jusqu'au lac la Biche et même plus au nord, où la traite était le plus payant. Il a fait cinq voyages au lac la Biche et deux au petit Lac des Esclaves. Il revenait chaque fois chargé d'habits de peau d'orignal et de caribou, de pelleteries, surtout de loutre et de castor.

Les hivers de 1868-1869 et de 1869-1870 avaient été si bons que mon père avait renouvelé toutes ses charrettes et échangé ses boeufs pour des attelages de chevaux cayousses. Sitôt que le printemps de 1870 nous permit de nous mettre en route, nous sommes revenus à la Rivière-Rouge.

CHAPITRE VII

Nous sommes arrivés au Fort Garry dix jours avant Wolseley. Après avoir campé dans les alentours du fort pendant quelques jours, nous avons continué jusqu'à Saint-Norbert, où nous sommes rentrés chez nous. Mon père et les autres traiteurs revenant de l'hivernement avec toutes leurs charrettes chargées à plein ne pouvaient pas disposer des fruits de la traîte rapportés de leur voyage. La Baie d'Hudson, se sentant menacée dans ses droits et dans son autorité, avait renoncé à gouverner le pays, tel qu'elle l'avait fait en vertu de sa charte. Le Canada avait acheté cette partie du continent de la Couronne britannique, qui était prête à donner son consentement au transfert des pouvoirs, à condition que les habitants du Nord-Ouest, les vrais intéressés, consentissent à faire partie intégrante de la Confédération.

Le Canada, sans attendre le dénouement de cette confusion politique, avait voulu prendre les devants en s'emparant du pays de la Rivière-Rouge. C'est alors que Riel et les Métis pour sauver le pays de l'anarchie et protéger la vie et la propriété, prirent possession du Fort Garry et formèrent le gouvernement provisoire.

En attendant que le cours normal des choses reprenne, les gens ignoraient ce qui allait arriver et n'osaient rien faire; il n'y avait plus de commerce, plus de traite.

Se rendant compte qu'ils ne pourraient pas écouler leurs produits aussi longtemps qu'ils resteraient au Fort Garry, mon père et d'autres traiteurs décidèrent de s'organiser en caravane pour aller les vendre à Saint-Paul. Pendant que ma mère restait à la maison, à Saint-Norbert, moi je suis parti avec mon père. Nous nous sommes rendus à Saint-Cloud, où se trouvait le terminus du chemin de fer. Là, nous avons chargé tout ce que nous avions à vendre dans les chars à destination de Saint-Paul.

Mon père s'est gréé pour faire la traite dans l'Ouest, où il savait que c'était meilleur. Il s'est chargé de boisson, de thé, de sucre, de tabac, de fusils, de munitions, de coton et d'habits.

A notre retour à Saint-Norbert, on apprit que la traite et le transport de la boisson étaient prohibés en dehors de la province du Manitoba. Riel et son gouvernement avaient négocié l'entrée du Nord-Ouest dans la confédération du Canada. La Rivière-Rouge devait maintenant s'appeler Manitoba et Fort Garry, Winnipeg.

Sur ces entrefaites, mon père tomba gravement malade. Quand il devint convalescent, il sentit qu'il ne pouvait plus reprendre la prairie à cause de sa sante chancelante. Il vendit tout ce qu'il avait pour traiter : marchandises et outillage. Il a vendu tout au plus offrant, un monsieur Ballantyne avec lequel il avait souvent fait des marchés. C'était ses adieux à la prairie qui l'avait vu naître et grandir et qui l'avait fait vivre de même que son père avant lui.

Ça, c'était à l'automne de 1870, alors que j'ai recommencé l'école, chez les Soeurs Grises de Saint-Norbert. J'ai continué mes études jusqu'en 1875. Parmi mes maîtresses d'école, je salue d'un vénéré souvenir les Soeurs Laurent et Sainte-Thérèse.

En 1874, le curé Ritchot, que tout le monde appelait le Père Ritchot, m'a fait faire ma première communion. Je fus confirmé par Mgr Taché peu de temps après.

A l'été de 1875, j'ai arrêté l'école pour fréter avec mes frères. Mon premier voyage de fret fut à la rivière Castor, au Fort Ellice. Nous suivions le train de voitures qui faisait la même route que nous, et notre destination commune était à la jonction de la rivière Castor et de l'Assiniboine, tout près de l'endroit où s'élève aujourd'hui Saint-Lazare. Pendant les étés de 1875 et 1876, je frétais avec mes frères ; pendant l'hiver je travaillais comme garçon de ferme au service du Père Ritchot.

Ce dernier exploitait une grande ferme, du moins considérée comme telle dans le temps. Entre nous, ce n'était pas si grand que ça, mais quand même, il y gardait régulièrement cinq ou six serviteurs que l'on appelait des engagés. Le Père Ritchot avait la réputation d'être exigeant, autrement dit, d'être dur pour ceux qui étaient à son service. Pour cette raison, plus d'un lui en a conservé un mauvais souvenir. Pourtant, dans le fond, c'était, comme on dit encore aujourd'hui, un bon vieux "yable". C'était un homme endurant et dur pour lui-même. Il avait la force de deux hommes ordinaires et ce qu'il pouvait faire facilement à l'ouvrage, il croyait que c'était aussi facile pour n'importe qui. Je le sais, moi qui suis resté chez lui et qui ai travaillé souvent avec lui.

Durant le carême, ma foi! je pense qu'il ne mangeait point la moitié du temps et bien souvent en semaine, je sais qu'il se donnait le fouet et qu'il ne se ménageait pas.

Il y avait trois choses que le Père Ritchot ne pouvait point souffrir, et c'était son seul ennui avec ses engagés. Il ne pouvait point supporter un paresseux. Pour lui, la paresse était la mère de tous les vices et de tous les maux. Il avait pour dire qu'elle puait et que c'était à cause de ça qu'il ne pouvait pas sentir un paresseux. Ma foi! je crois qu'il n'était pas loin d'avoir tout à fait raison!

Le Père Ritchot détestait un menteur, cependant sa grande charité lui faisait faire tous les détours pour excuser quelqu'un qui avait menti.

Prêchant un jour au sujet de ceux qui ne se faisaient point scrupule de tricher les autres dans les échanges de chevaux il disait: "voler, voler, c'est laid voler; mais si vous volez, tâchez de vous arranger pour arracher tout ce que vous pouvez."

Une autre fois quelqu'un vint lui vendre une charge de bois qu'il avait coupé sur une terre qui lui appartenait. "Combien ton bois? Combien ton bois? demanda le Père Ritchot. — Tant, dit l'autre. — Mm! C'est pas mal cher, c'est pas mal cher, reprit le Père Ritchot. — Pourtant, répondit le vendeur de bois, c'est du meilleur bois que vous avez, ça." Le marché se conclut tout de suite. La semaine suivante une commère dévouée vint dire au Père Ritchot: "Mais, monsieur le curé, il vous a volé! C'est du bois qu'il a coupé sur une de vos terres, ça". Le Père Ritchot de répondre aussitôt: "Y m'la dit, y m'la dit que c'était du meilleur bois que j'avais."

Le Père Ritchot haïssait l'hypocrisie. Nous causions en bas tandis que lui couchait au premier étage, juste au-dessus de nous. Il entendait tout ce que nous disions par un trou de tuyau qui communiquait de sa chambre à la nôtre. Du moment qu'il n'y avait rien en cachette, tout allait pour le mieux, il ne disait jamais rien, mais si l'on essayait le moindrement de lui jouer dans le dos...! S'il y en avait qui contait des histoires un peu risquées, il frappait le plancher avec son pied en se gourmant, h'mm h'mm, de façon à ce que nous sachions qu'il nous entendait. En plus, il était strict pour nos sorties du soir. Il ne nous les défendait point, mais nous étions jeunes et nous avions le nez au vent. Si on se faufilait pour ne rentrer qu'aux petites heures du matin, il ne disait rien, mais à peine étions-nous endormis qu'il nous criait: "HO! HO! HO! là, les sauvages, c'est le temps d'aller au foin."

Le Père Ritchot était aussi charitable qu'il était rude d'apparence. Il n'y avait rien qu'il ne faisait point pour soulager la pauvreté. Pour lui la charité lavait tout, et il l'a prêchée d'exemple toute sa vie. Il était fils d'habitant et malgré les efforts pour faire oublier son humble origine, il n'y parvenait pas toujours. Au moment où il s'y attendait le moins, le naturel revenait au galop.

Les soeurs avaient deux belles vaches qu'elles trayaient assidûment. Un jour vint où les vaches tarirent, et une bonne dame qui en connaissait plus long leur dit que pour redonner du lait, les vaches avaient besoin de revêler. Peu de jours après, le Père Ritchot aperçut les bonnes soeurs qui faisaient le tour du parc à vaches en récitant le chapelet et des litanies. Il va s'enquérir de la raison d'un tel surcroît de dévotion, puis leur dit: "Oui, oui, ça ne fait pas de mal, ça ne fait pas de mal, mais allez donc chercher un taureau!" Le lendemain matin, les soeurs étaient plus riches de deux vaches qui venaient de vêler et le Père Ritchot plus pauvre d'autant.

Le Père Ritchot avait un extérieur sévère et était difficile d'approche. Il excellait dans l'art de dissimuler sa pensée, tout en lisant la vôtre comme dans un livre écrit en gros caractères et tout grand ouvert. Ce doit être pour ça que Riel l'avait choisi pour aller faire face aux politiciens d'Ottawa en 1870. Si les Métis avaient eu trois hommes comme lui dans leur délégation, ils ne se seraient pas fait rouler comme ils l'ont été. L'insurrection de 1885 n'aurait jamais eu lieu.

CHAPITRE VIII

En 1873, la police montée avait été recrutée, puis envoyée dans l'Ouest. Elle avait construit un fort au lac Plat, non loin de Brandon où elle avait, de plus, érigé des casernes. A la frontière de ce temps-là s'arrêtait le transport de la boisson. Passé la ligne provinciale, le territoire était sous la juridiction et la surveillance de la police montée.

A l'automne de 1876, je me suis engagé au service d'Antoine Gingras pour aller traiter à la montagne de Bois. Je n'ai pas aimé ça parce que c'était trop tranquille. Je ne connaissais personne et je me suis pris d'ennui. J'étais sur le point de m'en revenir à Saint-Norbert, à la maison, quand j'ai trouvé de l'emploi au service de Joseph Charette. Ce dernier était, comme moi, natif de Saint-Norbert et je l'avais toujours connu. Il s'était engagé par contrat à conduire la poste de la police montée, de la montagne de Bois jusqu'au Fort Walsh. Nous devions faire le trajet deux fois par mois, soit un total de 800 milles. J'ai transporté la malle avec Charette pendant tout l'hiver. Au printemps de 1877 Charette est parti chasser le buffalo, me laissant continuer son contrat avec un autre. Cela durait depuis un an quand on a voulu baisser nos gages de 240 à 200 piastres. Charette n'a pas accepté. Nous avions pourtant un bon salaire pour le temps, moi, ça me donnait 30 piastres par mois; mais nous avions quatre chevaux que nous laissions piocher à la rivière Blanche, et il nous fallait voyager à deux à cause du danger toujours possible d'accidents ou d'attaques venant des Indiens.

Charette m'avait donné comme compagnon de travail et de voyage un jeune homme d'à peu près mon âge, du nom de François Courchaine. Son père était le fils d'un Canadien et sa mère était la fille de Laventure Parisien, la soeur de Ko-hâte Parisien qui avait tiré sur Sutherland durant les troubles de 1870. Voici son histoire, telle qu'on me l'a racontée.

D'abord, Parisien n'était pas un déséquilibré comme on l'a décrit. C'était un bon type, qui était considéré chez les Ecossais pour y avoir travaillé comme garçon de ferme à plusieurs reprises. Or, un jour qu'il y faisait une promenade, il rencontra des compagnons Ecossais qui lui firent boire de la boisson de mauvaise qualité. La fête avait duré quelques jours, et quand Parisien partit pour revenir chez lui, il s'était arrêté de place en place, il prenait un verre chaque fois. A un moment donné, sans être ivre, mais sentant l'effet de l'alcool, il se mit en route pour Saint-Norbert. Sur son chemin, il s'arrêta au Fort Garry où il voulut voir s'il n'y avait pas quelqu'un de chez lui. Il fut fait prisonnier, comme c'est arrivé à plusieurs : on avait l'espoir d'en faire des partisans de Riel. Parisien était toujours sous l'effet de la boisson, mais finit par se remettre tôt dans la matinée. Dehors il faisait tempête. Sans chercher davantage dans quel pétrin il se trouvait, il voulut s'esquiver. Montant sur la garde au haut d'un mur de pierre, il sauta dans un banc de neige devant lui, puis de là, prit ses jambes à son cou du côté des Ecossais, où il savait que les gens de Riel ne le suivraient point.

Passant devant l'habitation d'une famille du nom de Gunn, il aperçut un traîneau chargé de fusils. C'était les préparatifs d'une partie de chasse aux lièvres que les jeunes gens avaient organisée; ils attendaient un compagnon qui devait venir se joindre à eux. En voyant les fusils dans le traîneau, Parisien en prit un et continua sa course, lorsque surgit Sutherland à cheval. Parisien voulut s'abriter derrière les branches. Apercevant cet étranger qui entrait dans les broussailles, Sutherland fut intrigué. Il piqua des deux et mit son cheval au galop à la rencontre de Parisien, qui se méprit sur les intentions de Sutherland. Ko-hâte se crut à son tour en danger d'être poursuivi par les gens de Riel. Il attendit Sutherland, et quand celui-ci arriva près de lui, il fut feu et le tua.

Voyant leur camarade culbuter, les amis de Sutherland sortirent à toutes jambes pour foncer à son secours. Quand ils rejoignirent Parisien en fuite, ils lui firent un mauvais parti. Parisien allait être tué sans l'arrivée de l'un des Gunn qui le connaissait. Parisien fut soigné de ses blessures et revint chez lui quand il fut complètement rétabli.

96

A l'automne 1870, Elzéar Goulet fut lapidé par les soldats de Wolseley alors en garnison dans le fort, en attendant l'installation du lieutenant-gouverneur canadien. Elzéar Goulet était un cousin de mon père qui avait été membre du tribunal du gouvernement provisoire qui avait condamné à mort le rebelle Thomas Scott.

* * *

De notre temps, l'on appelait les chevaux des Métis cayousses et ceux des Indiens, broncos. Le cayousse était plus trapu que le bronco, c'était plutôt un cheval de trait. Il avait l'endurance et la vigueur lente, mais sûre, du mulet. Il n'était pas grand mangeur et mangeait n'importe quoi.

A l'ouvrage ou sur la route, il suait à grosses gouttes au départ pour sécher au bout d'une demi-heure. Après, il pouvait tirer ou marcher toute une journée sans changer de pas ni d'allure. Au repos, l'herbe lui suffisait. Il n'avait pas besoin de provende, pour lui la prèle des marais valait du grain. Lâché libre dans la prairie en hiver, il cherchait sa nourriture en piochant la neige de ses sabots de devant pour atteindre l'herbe. Ainsi laissé à lui-même, il pouvait endurer tous les temps et même s'engraisser comme en été. C'est ce qu'on appelait le laisser piocher. Il en était de même du bronco qui était plus grand et plus fluet. Au trait, il n'était pas aussi fort que le cayousse, mais il était ordinairement plus rapide à la selle. Ni l'un ni l'autre ne pouvait supporter longtemps la soif. La proportion des bonnes bêtes était plus forte chez les cayousses que chez les broncos. La grande différence entre les deux, en dehors de leur physique était que le cayousse ressemblait au chien: vous saviez à peu près toujours ce que vous aviez dans les mains, tandis que le bronco, c'était comme un sauvage, vous ne pouviez pas vous y fier avant de l'avoir connu.

Quand Charette refusa d'accepter une baisse de salaire pour conduire la poste, son contrat prit fin et on s'est trouvé sans emploi. On est retourné à notre campe sur la rivière Blanche où nos chevaux piochaient, ceux de Charette et les miens. Pendant que nous étions là, mon frère Moïse a ressoud avec

97

William Charette, le frère de Joseph Charette, mon patron. Ils avaient fait un voyage de fret de Winnipeg à Edmonton et, au retour, ils vinrent nous visiter et se reposer avant de rentrer à Winnipeg.

Mon frère Moïse et William Charette étaient amis comme deux frères. Pendant deux ans ils avaient servi ensemble dans l'armée américaine comme scouts, et ils avaient fait la guerre contre les Sioux et autres tribus ennemies. Depuis ils frétaient toujours ensemble.

C'étaient deux hommes tranquilles, d'agréable compagnie, et charmants causeurs. Ils connaissaient bien la vie de la prairie. En plus William Charette était connu comme bon dompteur de boeufs, comme habile artisan de charrettes, et il passait pour le meilleur traversier connu.

William Charette avait une centaine de charrettes et dix hommes; mon frère en avait soixante et six hommes. Ça nous faisait du monde en masse et nous étions bien contents de leur visite. C'était plus gai ainsi. Une fois que les boeufs furent lâchés et enfargés, nos visiteurs ont déchargé leurs charrettes puis les ont démontées morceau par morceau. Comme les boeufs avaient marché de Winnipeg à Edmonton, puis jusqu'à nous, ils étaient rendus à bout, et bien des charrettes commençaient à être en démanche. Par-dessus le marché, Moïse et William s'étaient défait de toutes leurs pièces de rechange à Edmonton. C'est dire que le besoin de réparer les charrettes se faisait grandement sentir, et c'est ce qu'ils allaient faire durant leur visite.

Pour commencer, ils ont abattu des liards blancs, les plus gros, afin d'avoir le plus de chair possible entre l'écorce et l'aubel, et pour s'exempter d'avoir du bois découpé au travers du grain. Les gros arbres ont été équarris sur deux faces parallèles, puis coupés à la scie par billes de trois pieds de long. Chaque bille a été taillée à la tille, d'un côté en forme d'arc de cercle et du côté opposé, en forme d'arc aussi, mais en sens inverse. De cette façon, chaque bille devenait un madrier courbé, de 4 à 5 pouces d'épaisseur sur une largeur variant de 18 à 30 pouces, selon la taille de l'arbre abattu.

Chaque madrier arqué fut ensuite fendu à la scie en madriers plus étroits, perforés à distances égales avec une tarière. Chaque madrier était terminé à chaque bout d'arc par une mortaise pour recevoir le tenon dans le bout d'un autre madrier arqué semblablement. On enfonçait les raies dans les trous de tarière de chaque madrier ainsi devenu section ou jante d'une même roue. Des moyeux de dix-huit pouces de longueur étaient sciés dans un arbre de dix-huit pouces de diamètre et ajustés aux raies. Enfin on montait les roues sur les essieux qui supportaient les timons et les châssis.

William Charette perçait ses moyeux de façon à pouvoir les graisser sans être obligé de retirer les roues des essieux; il versait simplement de la graisse fondue et bouchait chaque trou d'une cheville. S'il n'avait pas de graisse avant de poser l'essieu, il couvrait le moyeu d'une couche de savon qu'il avait fait lui-même avec des graissailles de potasse. Ensuite il versait de l'eau dans le trou du moyeu et sa roue se trouvait graissée. Ça ne valait point la graisse, mais c'était mieux que rien et ça ne coûtait pas un sou.

Dans la fabrication d'une charrette, la roue était la partie principale, au sujet de laquelle il y avait deux choses à considérer: le balancement perpendiculaire, au niveau du sol, occasionné par les inégalités de la route et le tiraillement de gauche à droite, en horizontal, causé par le pas du boeuf attelé sur la charrette. Pour absorber ses deux mouvements simultanés mais différents, il fallait que la roue fût disposée en forme de soucoupe s'ouvrant vers l'extérieur, ce qui lui permettait de se solidifier par le resserrement de ses parties sous le poids de la charge. Pour toutes ces raisons j'ai toujours pensé que la charrette de la Rivière-Rouge était une magnifique invention. C'était une bonne voiture qui ne coûtait rien. Tout homme pouvait en faire une en une semaine, du moment qu'il avait une hache, une scie, une équerre, et, à la forçaille, une râpe, un ciseau à bois et une tarière. Il n'avait qu'à entrer dans le bois et se mettre au travail. Dans quelques jours, il aurait sa voiture, qui jouerait de la musique par-dessus le marché, chaque fois qu'il la mettrait en mouvement. Bien que n'importe qui pût fabriquer une charrette, c'était quand même un métier.

Après un examen minutieux des pièces, en mettant de côté les défectueuses, les charrettes étaient remontées l'une après l'autre.

William Charette et mon frère sont restés tout un mois avec nous. Entre temps, leurs boeufs s'étaient complètement reposés et engraissés.

CHAPITRE IX

Une nuit du mois de mai, il était tombé une épaisse bordée de neige. Le matin, on vit qu'un gros camp d'Indiens s'était arrêté tout près de nous autres. William Charette, mon frère, quelques autres et moi-même voulions savoir qui étaient ces gens-là. Comme nous l'avions pensé, c'était des Sioux. Dans la première loge où nous sommes pénétrés, il y avait une femme qui avait accouché d'un petit garçon. Le petit dormait dans un panier rempli de mousse et vêtu de la toilette qu'il avait apportée du paradis. William Charette dit à la mère du nouveau-né que, si elle venait le voir à ses charrettes, il lui ferait un présent pour son bébé. A peine étions-nous de retour que la Siouse se présentait pour le présent promis. William Charette lui donna quelques verges de flanellette, puis elle s'en retourna toute aussi contente que si elle eût reçu un million.

Cet avant-midi-là, vingt autres Siouses se présentèrent chez William Charette pour lui demander un présent semblable en disant: "Ake papousse wagé. — Encore un bébé!" Nous, pour rire de l'incident avons surnommé William Charette "Ake wagé papousse". C'était une coutume indienne de nommer quelqu'un d'après un incident de sa vie, quel qu'il soit. Depuis, ce nom-là lui est resté dans la région de la montagne de Bois.

Mon frère Moïse et son camarade William Charette, s'étaient chargés de marchandises de traite, dans l'espoir d'en disposer parmi les Indiens et les Métis qui travaillaient le buffalo dans les parages de la montagne Cyprès, de la montagne de Bois et de la montagne d'Orignal qui se trouvaient sur leur chemin de retour à Winnipeg, où il n'y avait plus de buffalo depuis quelques années. Il y en avait en masse là où nous étions. C'eût été une belle occasion d'écouler leurs effets de traite chez les Sioux, mais ils étaient connus de cette bande-là pour avoir été scouts chez les Américains et pour leur avoir fait la guerre en 1876. Ils avaient bien tenté de fumer le calumet de paix mais les Sioux avaient refusé leur invitation, car tous ceux qui avaient porté l'uniforme bleu de l'armée américaine étaient mal vus d'eux.

De plus, William Charette ne parlait pas le sioux proprement dit mais l'assiniboine, qui n'est qu'un dialecte sioux. Il avait été élevé dans la langue assiniboine, mais il parlait fort bien le cris, le saulteux, et passablement bien le pied-noir.

Les Sioux qui se trouvaient près de nous étaient justement ceux-là qui avaient participé au massacre de Custer en 1876. Je dis ça pour dire comme les Américains, qui appelaient massacres les défaites que les Indiens leur infligeaient. Par contre, s'ils gagnaient c'étaient de grandes victoires.

Oui, c'étaient les vainqueurs de Custer qui venaient d'arriver pendant la nuit. Après sa victoire, Sitting Bull avait traversé la frontière avec sa bande et se tenait en territoire anglais, où les Américains ne pouvaient les poursuivre.

Le camp de 2,000 loges comptait 2,500 hommes armés. Il y avait quatre chefs: Tatanka Youtonga (le Boeuf Assis), Siouska (le Petit Plumage), Bediska Toupa (les Quatre Cornes), et Sapadou (la Lune Noire). Chacun de ces chefs avait sa bande propre, mais ils s'étaient réunis pour être plus nombreux, en cas de nécessité de se défendre.

A un mille plus loin, se trouvait un petit camp de Nez-Percés d'une cinquantaine de familles ou loges qui s'étaient jointes à Sitting Bull après avoir fait bataille dans le Wyoming, où ils avaient tué un agent et quelques familles de colons et de mineurs. Ces Nez-Percés parlaient tous l'anglais et ils étaient bien armés.

Lorsque mon frère Moïse et William Charette nous ont quittés pour retourner à Winnipeg, je suis allé les reconduire jusqu'au lac La Vieille appelé maintenant le lac Johnston. Après quoi, je suis retourné à notre campe sur la rivière Blanche, à 40 milles des casernes de la montagne de Bois. Des traiteurs américains, D.C. Powers, Broadwater and Brothers, avaient formé une compagnie pour bâtir un magasin à côté du camp de Sitting Bull. Ils m'ont engagé pour faire la traite avec les Sioux.

J'ai pris trois hommes avec des charrettes, et nous avons creusé une casemate à même une écore. Cette casemate mesurait 25 pieds de longueur, 15 pieds de largeur et 8 de hauteur. Nous avons construit une devanture de petites planches de liard avec fenêtres de verre. C'est là-dedans que je me suis installé pour traiter. Au bout de quatre mois, les trois hommes qui m'avaient aidé m'ont quitté. C'est un nommé André Gaudry qui est venu rester avec moi. Toutes les deux semaines, une quinzaine de voitures nous apportaient les peaux et le pemmican que nous recevions en échange.

Nous étions sur le haut d'une très grande côte, d'où nous apercevions la prairie aussi loin que la vue pouvait porter. Un matin nous ne pouvions point voir la plaine tant elle était toute couverte de buffalos, on aurait dit un lac immense de couleur brune dont la surface frémissait tout le temps. Il y en avait sur des milles et des milles de distance, et de tous les côtés où nous puissions regarder. Cette journée-là, les Sioux en ont tué plus de 1,000 et le lendemain nous avons acheté au moins 600 à 700 langues. L'abondance de la chasse a duré comme ça tout l'automne, et jusqu'en février.

Les Métis qui étaient à la montagne de Bois et dans les alentours s'étaient rangés du côté où nous étions, suivis par leurs traiteurs qui ne tardèrent point à tailler dans ma traite. Alors quand j'ai vu ça, moi, j'ai abandonné; et la compagnie pour laquelle je traitais a fermé son poste.

Tout le temps que j'ai traité dans ce coin du pays, tant que nous avons été seuls avec les sioux, nous n'avons pas eu de trouble avec eux. Mais dès que les Métis furent arrivés, cela a changé. Dans le mois de septembre 1879, des gens de Sitting Bull, venus de la montagne, ont volé 60 chevaux aux Métis. Les propriétaires, Bocace Poitras à leur tête (le père de Bocace Poitras, de Saint-Vital) se rendirent au camp de Sitting Bull pour réclamer leurs chevaux. Les Sioux leur proposèrent de garder les 10 meilleurs pour laisser aller les autres 50 chevaux. Les Métis refusèrent et durent s'en revenir bredouilles. Là, le train a quasiment pris. Les Métis étaient très nombreux et

LA POLICE MONTÉE

ils étaient munis de carabines à répétition. Ils pouvaient acheter des Américains toutes les munitions qu'ils désiraient. Les jeunes Métis, encouragés en sourdine par les Américains, étaient soulevés. Les vieux, cependant, plus calmes, réussirent à faire entendre raison aux jeunes.

Quand tous les esprits furent calmés, des vieux suggérèrent d'aller porter plainte au major Walsh, chef local de la police montée. Ils firent entendre à Walsh que si la police ne pouvait pas les protéger contre les Sioux, ils se défendraient eux-mêmes à leur façon.

Le major Walsh comprit que la situation se corsait. D'ailleurs, il s'attendait à un incident de ce genre et il en avait causé plus d'une fois avec les hommes de son détachement. Il promit aux Métis d'envoyer immédiatement à Sitting Bull un interprète et des gendarmes pour lui faire rendre les chevaux. Il fit venir Caillou (Antoine) Morin et moi-même et il nous ordonna de le suivre au camp de Sitting Bull. Derrière nous venaient une trentaine de policiers avec deux canons, suivis d'une centaine de Métis, vétérans des guerres contre les Sioux.

Nous étions tous à cheval et armés jusqu'aux dents. Nos armes étaient supérieures à celles des Sioux, et nous n'étions pas fâchés d'avoir l'occasion de nous mesurer avec les braves de Sitting Bull.

Nous avions 40 milles à faire avant d'atteindre le camp. En chemin, Morin et moi expliquions au major Walsh qu'il fallait donner l'impression que nous allions leur faire la guerre, et qu'ils ne nous inspiraient pas la moindre crainte. Comme de fait, en arrivant au camp, Walsh fit mettre les canons en batterie et les fit pointer sur le camp. Nous savions que le canon inspirait beaucoup de crainte aux Sioux, surtout quand ils avaient à lui faire face en prairie planche comme c'était le cas dans le moment.

Pendant ces préparatifs, les policiers et les Métis se disposèrent en tirailleurs. Tout avait tellement l'air d'une attaque que c'était à s'y méprendre. Les Sioux sortaient de leurs loges les armes à la main, mais aucun d'eux n'entonna le chant de guerre comme je m'y attendais. Sitting Bull, impassible, regardait tous ces apprêts, comme si cela ne l'avait point concerné.

Pour lors, Walsh a donné l'ordre à Morin d'adresser la parole aux Sioux. Morin était une espèce de géant, au physique superbe, doué d'une voix forte comme le tonnerre et ayant la parole en bouche, comme nous, Métis, disions d'un homme qui parlait facilement. Il était donc en plein dans son rôle.

Morin expliqua bien à Sitting Bull et à ses gens que Walsh leur faisait dire qu'ils n'allaient pas avoir affaire à Custer, ici. Si les Sioux ne restituaient pas aux Métis les chevaux volés, bon gré mal gré, lui, Walsh, les leur ferait remettre de force et sur-le-champ. Morin appuya sur le fait que Walsh leur faisait voir bien clairement que le Canada n'était pas leur pays, et s'ils voulaient y causer du trouble, il les renverrait à la minute aux Etats-Unis, car il n'avait qu'un signe à faire à la force américaine, et celle-ci viendrait tout de suite s'ajouter à la force anglaise pour les sortir du pays.

Sitting Bull était intelligent, il n'était point dépourvu d'instruction et c'était un orateur naturel. Il fit comprendre à ses gens que leur situation devenait dangereuse. "Notre seule protection, leur dit-il, c'est le Canada, où les Américains ne peuvent pas nous poursuivre, comme ils le voudraient. Nos seuls alliés dans le moment, ce sont les Métis, qui sont aussi nos parents par leurs mères indiennes. Si nous nous les mettons à dos, nous nous trouverons comme pris entre deux feux: les Américains d'un bord et les Métis de l'autre. Sans compter que si nous commençons la guerre contre les capots rouges du Petit Fessier, nous risquerons d'attirer la force des Anglais contre nous. Et dans ce cas où irons nous pour nous mettre à l'abri?"

Par le nom de capots rouges Sitting Bull faisait allusion à la couleur de l'uniforme de la police montée. Il appelait Walsh le Petit Fessier à cause de ses épaules démesurément larges, comparées à ses hanches et à sa croupe étroites.

"Non, continua Sitting Bull, suivez mon conseil, laissez aller tous les chevaux de nos cousins Métis, les graisseux." Il nous appelait graisseux à cause de notre habitude de faire et de manger la graisse de moelle. Le sage conseil du fameux chef

106

sioux, Tatanka Youtonga, prévalut et l'incident chargé de tension finit là, pour le moment du moins.

Remis en possession de tous leurs chevaux, les Métis, retournèrent du côté de la rivière Blanche. A un quart de mille de là, derrière un îlot de trembles, une bande nombreuse de jeunes Métis attendaient dans l'espoir d'une bataille. Quand ils virent revenir les chevaux volés, ils se sont mis à tirer des salves en l'air en poussant des cris de joie prolongés. Morin suggéra à Walsh d'ordonner aux jeunes gens d'arrêter tout de suite leur démonstration parce que ça pouvait fâcher les Sioux. Ce qui n'a point manqué.

Pour surveiller les Sioux et se trouver en même temps tout près des Métis en cas de danger, le major Walsh avait fait construire une caserne temporaire à la rivière Blanche où se tenait une partie de son détachement. De cette façon, il pourrait avoir l'oeil sur la montagne de Bois et sur la rivière Blanche. Environ deux semaines après l'incident des chevaux, Sitting Bull arriva de son camp avec 350 hommes à cheval et une cinquantaine de chevaux chargés de sacs de pemmican ainsi que des robes et peaux, apparemment pour vendre tout cela au poste de traite des Américains qui se trouvait à 300 ou 400 verges de la caserne temporaire de la rivière Blanche.

Les Sioux étaient armés, comme le voulait la coutume du temps. Après leur arrivée, ils avaient enfargé leurs chevaux et les avaient laissés paître dans la prairie. Durant la journée, Sitting Bull était parti du poste des Américains pour se diriger vers la maison du major Walsh. Sitting Bull parlait bien l'anglais, n'avait pas besoin d'interprète, et je crois même qu'il était plus instruit que Walsh. En entrant, Sitting Bull demanda à Walsh pourquoi, l'autre jour, il avait dit à son interprète de le menacer, lui Tatanka Youtonga, de le renvoyer aux Etats-Unis.

La maison de Walsh était à peu près à 50 verges du petit fort de pieux qui entourait la caserne temporaire, et se trouvait en dehors de toute protection. Sitting Bull sortit sans attendre la réponse de Walsh, se dirigea du côté de la caserne, s'en revint tout de suite accompagné de son chef soldat, Shonga Anska, le Chien Long. Comme il entrait de nouveau chez Walsh, ce dernier dit au chef sioux de s'asseoir. Walsh, à ce moment-là, se trouvait seul avec son cuisinier. Il se doutait qu'il y avait quelque chose dans l'air et il se demandait pour quelle raison les Sioux étaient venus en si grand nombre et si bien armés. Evidemment, se disait-il, et à Morin qui venait d'entrer : "Par prudence, ce ne peut pas être rien que pour faire la traite. En tout cas, ajouta-t-il, si le train prenait, nous n'aurions qu'à faire un signe aux Métis."

Sitting Bull demanda de nouveau à Walsh pour quelle raison il avait dit à son interprète qu'il serait renvoyé de l'autre côté de la frontière. Walsh lui répondit qu'il était dans un pays qui n'était pas le sien et qu'il était susceptible d'en être renvoyé au moment même où il ne se conduirait pas selon la loi. "Si je n'ai pas la force suffisante pour te mettre dehors, ajouta Walsh, j'ai le pouvoir de laisser entrer les Américains, qui ne demandent rien de mieux que de venir vous chercher. Mais, tant que vous vous conduirez bien, vous n'aurez rien à craindre. Seulement, si vous vous mettez à voler les chevaux des autres, particulièrement ceux des Métis, ça ne sera pas long avant que vous ayez les soldats américains sur votre dos."

Tout en parlant, Walsh se promenait de long en large, passant devant Sitting Bull et son chef soldat Shonga Anska. Alors, Sitting Bull dit à Walsh : "Vous devriez au moins nous donner du thé, du tabac et du sucre pour nous avoir laissé les chevaux. — Oui! bien, mon vieux, il y a des magasins où tu peux avoir tout ce que tu veux si t'as de quoi payer. — Comment se fait-il, demanda Sitting Bull, que lorsque le capitaine Crozier était ici, j'avais tout ce que je lui demandais, du moment que c'était quelque chose venant du gouvernement?" Walsh s'avança vers le chef indien, et le fixant dans les yeux, lui dit : "Ecoute, je n'ai pas à porter de jugement sur ce que le capitaine Crozier a fait quand il commandait ici. Si t'as eu tout ce que t'as voulu de lui, tant mieux pour toi, mais tu n'auras rien de moi. Vous n'avez pas le droit d'attendre quoi que ce soit de la police, surtout si vous n'agissez pas bien. Si t'en a imposé au capitaine Crozier, tu ne m'en imposeras pas, à moi, et tu ne me feras pas peur non plus." Sitting Bull se leva puis il dit à Walsh : "Je te ferai bien donner ce que je veux. Je ne permettrai jamais à un blanc de me parler de la sorte. J'ai trop d'amis pour ça, je vais te le faire voir."

Ce disant, Sitting Bull sortit son pistolet; Walsh dit à Morin d'ouvrir la porte. Morin l'ouvrit. Sitting Bull fit un mouvement comme pour tirer sur Walsh qui s'y attendait. Rapide comme l'éclair, Walsh abattit une lourde tape sur le poignet du chef indien, ce qui lui fit échapper son pistolet à ses pieds. Walsh saisit son adversaire par le chignon et le poussa vigoureusement dans la porte toute grande ouverte. Sitting Bull alla tomber à quatre pattes, à pas moins de huit à dix pieds en dehors de la maison. Il n'eut pas le temps de se relever que Walsh lui donna des coups de pieds en plein postérieur. Shonga Anska se précipita vers son chef en lui présentant le pistolet qu'il avait ramassé. Morin, deux autres Métis et moi-même avons foncé entre Walsh et les deux Indiens pour les empêcher de se battre.

Quand Sitting Bull se remit sur ses pieds, Shonga Anska lui remit son pistolet, mais non sans l'avoir vidé complètement. Walsh n'avait pas vu cette manoeuvre, et ne sachant point que le pistolat se trouvait déchargé, défia le fameux chef sioux de tirer sur lui, mais l'avertit que s'il faisait feu, ce serait son malheur et celui de tous les gens. Shonga Anska parvint une autre fois à calmer Sitting Bull et à le décider à retourner à son camp. Sitting Bull se contenta de dire au major Walsh: "J'ai assez d'hommes avec moi pour te montrer ce que je peux faire." Ce disant, l'Indien se dirigea vers son camp aux côtés de Shonga Anska. Walsh revint du côté de la caserne avec Caillou Morin et moi-même.

De là je suis parti pour aller chercher le courrier du jour, que Joseph Charette venait d'apporter. Ce dernier avait mis fin à son contrat, mais n'ayant pas été remplacé, on continuait le travail. Dès que Sitting Bull eut atteint son camp, nous avons remarqué qu'il se produisait une certaine animation chez ses gens. Les Sioux, visiblement excités, commençaient à s'assembler par groupes. J'arrivai avec le courrier au moment ou Walsh ordonnait à ses hommes de prendre leurs places de défense aux meurtrières du rempart de pieux. Il fit également prendre les armes à tout le monde, donnant l'ordre de faire feu sur les Sioux sitôt qu'il leur en donnerait le signal. Puis il dit à Morin et à moi-même de le suivre en dehors du rempart. Il me dit d'aller chercher quatre ou cinq perches qu'il me fit placer par terre en travers du chemin. Il plaça Morin à l'endroit où j'avais posé les perches en lui disant d'avertir les Sioux que, si l'un d'eux dépassait la marque indiquée, il donnerait à ses hommes le signal d'ouvrir le feu. Après quoi il me dit de le suivre. Lui se plaça d'un côté, à l'extérieur de la porte du rempart, tandis qu'il me fit placer de l'autre côté, vis-à-vis de lui.

Nous gardions les positions que Walsh nous avait assignées quand nous aperçûmes Sitting Bull venant avec Shonga Anska à ses côtés, suivis d'environ 150 cavaliers. Ils venaient en silence, mais à bon pas de cheval. Je pris la peine de jeter un coup d'oeil, nous étions 33 hommes en tout, 30 policiers aux meurtrières, Morin sur la route à quelque 25 pas du rempart, Walsh et moi de chaque côté de la porte.

Arrivés à cent pas de morin, une centaine d'Indiens descendirent de cheval, placèrent leurs capots et leurs couvertes sur leurs chevaux, reprirent leurs armes et continuèrent à pied jusqu'à lui, tandis que le reste des cavaliers attendaient. Morin dit aux piétons ce que Walsh lui avait commandé de leur dire. Les Sioux s'arrêtèrent et se mirent à discuter entre eux. Morin, qui les comprenait bien naturellement, leur enjoignit de pas pas s'approcher, car tout était prêt pour déclencher une attaque en règle contre eux, et s'ils persistaient, la bataille serait le signal de l'anéantissement de leur race, car les Américains déjà prévenus, n'attendaient qu'un signe pour venir prêter main forte aux policiers et les sortir du pays. Il ajouta qu'avant peu de jours, on verrait apparaître sur la plaine des masses de soldats, comme le matin on voit les îlots de trembles qui sortent de la nuit.

Les Sioux voyaient les canons de carabines qui sortaient des meurtrières et qui semblaient les viser, prêts à leur cracher la mort. Shonga Anska, toujours aux côtés de Sitting Bull, n'avait pas cessé de faire le bon apôtre d'un arrangement possible. Il demanda à Morin si Walsh consentirait à lui parler. Walsh lui fit répondre d'approcher, qu'il l'écouterait. Shonga Anska proposa au major d'oublier l'incident si les Sioux retournaient à leur camp. Walsh accepta cette proposition, les assurant que tout serait oublié si les Sioux promettaient de ne pas recommencer, sans quoi on les feraient sortir du pays.

L'incident finit là. Ce ne fut pas sans respirer d'aise qu'on les vit tous retourner à leurs chevaux. Quelques heures plus tard, ils plièrent bagage pour leur camp de la montagne de Bois.

Nous n'aurions pas été fâché de nous battre avec les Sioux, devant lesquels la prairie avait tant de fois tremblé. D'un autre côté, ceux d'entre nous, qui avaient l'expérience de ce qu'était une bataille, préféraient s'en être tirés ainsi, car n'importe quelle issue valait mieux qu'un combat. Surtout quand nous avions affaire à un gros camp sioux, commandé par un chef de la valeur de Tatanka Youtonga.

Il ne manqua point de gens pour rire de nous voir nous en tirer à si bon compte. Ce n'était pas sans raison, car il nous eût été bien facile de précipiter un combat, mais à quoi bon? La gloire d'une victoire de plus eût-elle compensé la perte d'une seule vie? Je le pensais dans ce temps-là, car j'étais jeune et plein de feu, mais je le vois autrement à cette heure. En tout cas personne que je sache, n'a eu peur, ni Walsh ni Sitting Bull. Walsh tenait un pistolet dans chaque main, durant tout ce temps-là il n'avait pas bronché. Seulement, il avait le visage blanc comme un drap et les joues lui tremblaient, mais je suis bien sûr que ce n'était pas parce qu'il avait peur. C'était un sentiment qu'il ne connaissait pas. Quant à Sitting Bull, il avait la face trop frette pour laisser voir ce qui se passait derrière. Il était brave lui itou... Quant à moi, je ne m'en cache pas, je n'en menais pas large. Pensez-en ce que vous voudrez!

CHAPITRE X

Après son départ pour le poste de la montagne de Bois, Sitting Bull et son camp se trouvaient à 40 milles, de la rivière Blanche. Au mois de mars j'ai repris mon travail avec les traiteurs américains. Au bout de quatre mois, je suis parti avec Louis Morin qui s'en retournait au Manitoba. Il avait une charrette et quelques chevaux allèges; j'en avais aussi quelques-uns. Je suis revenu chez nous à Saint-Norbert, où j'ai passé l'été dans ma famille avec ma mère, mon père étant mort depuis le mois de mai 1879.

Vers le mois de septembre 1880, je suis retourné à la montagne de Bois avec Chrysostôme Poitras, de Saint-Vital. Il n'y avait pas encore de chemin de fer, alors nous avons pris la route de Fort Ellice et de Qu'Appelle. Je suis resté à la montagne de Bois jusqu'en juillet 1881, alors que j'ai conclu un contrat pour aller chercher du fret à 100 milles, le long de la rivière Missouri, toujours pour les mêmes traiteurs américains. J'étais associé avec J. B. Langer, et au cours du voyage nous nous sommes trouvés beaucoup de Métis ensemble.

A mon retour à la montagne de Bois, mon Chrysostôme Poitras était parti pour le Fort Assiniboine, dans le Montana, où il avait un de ses frères. L'automne était avancé quand Jean-Louis Légaré, un Canadien qui traitait sur une grande échelle avec les Métis et les Indiens, m'embaucha. Il y avait plus de 1,200 familles métisses en hivernement, et chaque famille avait promis une piastre à celui qui irait chercher un prêtre à Qu'Appelle, qui viendrait passer l'hiver à la montagne de Bois. Jean-Louis Légaré, à la tête du mouvement, suggéra qu'on m'envoie à Qu'Appelle chercher le Père Saint-Germain.

Il y avait au moins 150 milles en droite ligne pour aller à Qu'Appelle et je devais revenir avec le prêtre pour Noël. Nous étions déjà dans la première semaine de décembre. Il n'y avait pas de temps à perdre. J'ai gréé trois traîneaux trompers, six chevaux, et accompagné d'un sioux, je suis parti. A mon arrivée à Qu'Appelle, j'ai remis une lettre de Jean-Louis Légaré au Père Saint-Germain, qui m'a promis d'être prêt dans deux jours. Je me suis procuré des traînes à glisse, dont une que je convertis en carriole, pour que le Père y soit bien à son aise. Nous sommes partis à travers la prairie pour la montagne de Bois, que nous avons atteinte trois jours avant Noël.

Je projetais de me rendre au Montana dès mon retour à la montagne de Bois, mais je dus rester jusqu'après le jour de l'an parce que je ne reçus que 100 piastres et deux chevaux de l'argent promis par les familles. Légaré me demanda d'attendre vu que l'argent était rare, que tout le monde se préparait pour les fêtes. Il me dit de ne point m'inquiéter, qu'il se rendait responsable de ce qui restait à me payer. J'ai suivi son conseil, mais quand même à la veille de mon départ je n'avais pas pu ramasser plus de 800 piastres comptant, à part les deux chevaux et des provisions. J'ai dit à Légaré que c'était raisonnable et que j'étais satisfait d'avoir rendu ce service aux gens.

Les chevaux que l'on m'avait donnés avaient maigri pendant le voyage à Qu'Appelle, alors je les ai vendus pour en acheter deux autres plus gras, au même prix. Pour moins de cinq piastres dans ce temps-là, on pouvait se procurer un cheval à la montagne de Bois.

Je remettais mon départ de semaine en semaine depuis deux mois, quand des familles métisses décidèrent d'aller se joindre à d'autres qui travaillaient le buffalo sur la rivière au Lait, dans le Montana, à quelque 125 milles au sud de la montagne de Bois. Rendu là, je me suis retiré chez une de mes cousines qui était mariée à Athanase Hupé, un des hivernants que je connaissais bien depuis longtemps.

Le 15 mars 1881, Jean-Baptiste Desjarlais, Billy Jackson, un Métis français et moi-même sommes partis pour le fort de la Pointe-au-Loup, sur la rivière Missouri. C'est là que le shérif local vint nous informer que le gouvernement américain avait besoin de vingt-cinq habiles cavaliers pour la rivière aux Trembles et que nous pourrions nous enrôler comme scouts, nom donné aux soldats éclaireurs.

Après avoir subi des épreuves difficiles dans la façon d'aller à cheval, de manoeuvrer des chevaux de toutes les façons, de converser et lire l'anglais, de parler couramment au moins trois dialectes indiens, de tirer au fusil, à la carabine, au pistolet, voire même de bien se débrouiller à la boxe et de jouer du couteau, nous fûmes acceptés tous les trois : Desjarlais, Jackson et moi. Nous avions à fournir les chevaux et les selles et nous recevions 75 piastres par mois du gouvernement, ainsi que les carabines, les fusils, les couteaux, les munitions, les uniformes, des capots et des couvertures. L'engagement était pour six mois, renouvelable autant de fois que l'on voulait, du moment qu'on était d'accord. Chaque fois on recevait un nouvel uniforme et un capot neuf.

J'ai commencé mon service le premier avril 1881 à Buford, le long du Missouri, avec Desjarlais et Jackson. J'ai fait ce métier pendant dix-huit mois, c'est-à-dire jusqu'en octobre 1882, alors que j'ai lâché parce que le gouvernement a voulu baisser les salaires après nous avoir promis qu'ils seraient majorés périodiquement au bout d'une année.

De mon temps le scout américain ne devait point mesurer moins de six pieds et peser moins de 185 livres. Il était tour à tour gendarme, détective et soldat, donnant chaque fois au moins un mois de service. Le rôle du gendarme était à peu près celui de notre police montée. Il parcourait à cheval, en tous sens, le district qu'il avait charge de surveiller, visitant tous les endroits publics : gares, magasins, hôtels, bouges, bars, salles de billard. Il devait toujours s'astiquer comme un soldat pour l'inspection. L'uniforme, de drap bleu marin, jaquette, pantalon et paletot ; chapeau de feutre à bords plutôt larges ; bottes de cuir noir portant éperons ; bandoulière et ceinture garnies de cartouches à carabine et à pistolet. Le cheval devait être soigneusement lavé de la tête aux pieds, étrillé matin et soir ; l'attelage et la selle devaient être cirés et bien brossés.

En service, le plus difficile était de faire preuve d'entregent. Se montrer galant avec les dames, ce qui n'était point désagréable ; chanter, danser, c'était moins facile. Il était indiqué de prendre un coup avec les autres sans se déranger. On n'était pas dans un âge de prohibition et les hommes buvaient, mais pas comme à cette heure.

Le moins drôle de tout ça c'était de rester poli et de belle humeur, quoi qu'il arrivât! Car si le scout se trouvait pris dans une rixe, il lui incombait d'en sortir vainqueur sans s'en trouver trop fripé. Chaque matin, à l'inspection, avant de prendre le service, il valait mieux ne pas afficher des traces du lendemain de la veille!

Nonobstant ce qui précède, le service de scout entrait dans mes goûts. J'ai toujours aimé l'aventure, l'imprévu, mais ce dont j'étais friand par-dessus tout, c'était la toilette et le grand soin de ma tenue. Tous ceux qui m'ont connu se souviennent, j'en suis certain, combien j'étais minutieux pour m'habiller. En effet, je n'ai jamais pu supporter la moindre négligence dans mes habits et rien ne me plaisait tant que la dernière coupe et la plus fine qualité des plus belles étoffes. Je ne veux point faire de fanfaronnade, mais je n'ai point honte non plus d'admettre que je passais pour n'être pas trop laid garçon! J'avais exactement six pieds deux pouces de taille, en pied de bas, j'étais bien proportionné quoique plutôt mince. J'étais très sec de charpente tout en étant bien musclé. Je ne me rappelle point avoir pesé plus de 220 livres avant l'âge de quarante ans. J'étais en bonne forme physique parce que je participais à plus d'un sport, principalement l'équitation, la course, la natation, la danse et la boxe. Je faisais partie de tous les clubs et je prenais part autant que possible à tous les concours.

J'excellais surtout à la boxe, si bien qu'une fois j'ai eu le dessus sur le fameux John L. Sullivan, alors que ce dernier était à l'apogée de sa force et de sa gloire. J'admets, par exemple, que la joute ne se faisait point selon les règles du pugilat professionnel auxquelles le légendaire champion était accoutumé. Nous nous battions à poings nus et d'une seule haleine, il n'y avait pas de repos entre les rondes puisqu'il n'y avait point de rondes. C'était dans un bar d'Helena dans le Montana, devant une foule de cowboys hostiles à tout étranger, et à Sullivan en particulier, sans doute à cause de sa supériorité reconnue, et qui ne désiraient rien tant que la victoire d'un des leurs.

C'était dans le temps où les pires sauvages étaient ces cowboys du vieux *Wild West*, et je me suis toujours demandé si le *Great John L.* n'usa pas plus de discrétion que d'habileté pour éviter une sortie de la taverne qui aurait pu mal tourner. Quoi-

LOUIS GOULET

BÉNARD

qu'il en soit, le gérant du boxeur intervint pour arrêter le combat, au grand mécontentement des cowboys présents, et je sortis de l'affaire avec les honneurs de la circonstance, ce qui m'importait le plus aux yeux de mes pairs.

Etant de passage à Chicago quelques années plus tard alors que nous étions tous deux des *has been*, Sullivan m'avoua que je lui avais démontré ma supériorité comme force et probablement que je l'approchais en agileté. Je lui en ai gardé le meilleur des souvenirs et j'ai toujours été plus fier de lui avoir donné une chaude poignée de main qu'un bon coup de poing sur la gueule!

Cette bonne attitude me venait de ce que quelque chose de semblable m'était arrivée peu de temps après ma rencontre avec Sullivan. Vous avez sans doute entendu parler du temps où chaque brigade de voyageurs, chasseurs ou fréteurs avait son *bully*, son faible à cerveau comme disait avec ironie le bon Père Lacombe. C'était une coutume que les Métis reprochaient aux Américains de leur avoir donnée. Chez nous, sur le haut du Missouri, on connaissait partout de réputation un jeune Graveline, lequel, au dire de ceux qui l'avaient vu à l'oeuvre, pouvait donner la volée à un ours grizzlé, nom du grand ours des montagnes Rocheuses qui, dit-on, est le plus redoutable des carnassiers.

Un soir que je me trouvais avec un camp de chasseurs de buffalos, survint une brigade de fréteurs dont Graveline faisait partie. A peine les fréteurs avaient-ils eu le temps de dételer que les compagnons de Graveline offraient aux miens des paris que leur champion me battrait. Quand on vint m'annoncer la chose, il ne pouvait pas être question d'un refus de ma part. Voyons! C'eût été pécher au moins véniellement contre un des commandements! Graveline était prêt, moi je le fus dans le temps de le dire.

Graveline était à peu près de ma taille. Il n'avait pas plus de vingt ans, et ce ne fut pas sans une certaine appréhension que j'allai me planter en face de lui. Il avait l'air si jeune que je craignis de l'estropier. Je décidai donc de lui tenir tête, pour m'assurer de ce qu'il pouvait faire, en attendant une chance de le mettre hors de combat sans lui faire de mal irréparable. Le gaillard était solide, il n'avait point volé sa renommée. Il était agile comme un puma, mais il manquait évidemment d'expérience et je pris le parti d'en profiter tout en le ménageant. Au bout d'un quart d'heure environ, il fit une erreur grave, s'en aperçut aussitôt, mais pour commettre la même faute quelques minutes après. Je lui fis un clin d'oeil auquel il répondit en souriant avec un autre clin d'oeil.

Pour lors, je lui demandai de cesser le combat. Il était resté frais comme s'il n'avait pas combattu. Je lui posai la main sur une épaule en lui disant. "Ecoute, je peux te battre, mais pour cela je devrai sortir tout ce que j'ai en moi, or si je le fais, je vais t'estropier et tu promets trop de faire un bon homme pour que je risque de te blesser."

Mes compagnons et les siens consentirent à retirer leurs paris, on se donna la main et le combat en resta là.

Le résultat pratique de ma rencontre avec Graveline fut que nous sommes devenus deux grands amis. Mais notre amitié fut de courte durée. Moins de deux ans plus tard, alors que je venais de quitter le service des scouts, quatre ou cinq amis et moi-même causions en prenant un coup dans un campe d'une région minière, aux abords de la frontière mexicaine d'alors, lorsque tout à coup, on entendit une violente chicane assaisonnée de coups de pistolet et de carabine. Graveline qui était assis sur un banc-lit, à ma gauche, s'affaissa sur moi. Une balle de carabine avait traversé le bousillage entre deux billots et s'était logée dans sa nuque. Je l'ai pris dans mes bras, mais il était mort. Le lendemain nous l'avons enterré au pied d'un arbre en présence du shérif.

La mort tragique de Graveline, les pendaisons sommaires pour vols de chevaux imposées par la *vigilance* et dont je fus témoin, nous donnent une petite idée de la vie déjà lointaine de l'ancien *Wild West*. Mais je préfère passer rapidement sur ces incidents.

Bien que nous fûssions au plus fort des guerres indiennes, nous n'avons eu que deux escarmouches contre les Sioux dans la région de la rivière au Lait, mais ce ne fut point contre

119

Sitting Bull. Ce dernier était revenu sur le territoire américain en 1881, parce que le buffalo se faisait rare à la montagne de Bois où, de plus, le voisinage des Métis lui devenait de plus en plus gênant. Nous aurions pu le prendre, nous les scouts, mais nous n'avions pu obtenir les renforts et l'artillerie nécessaires. En attendant les troupes que nous espérions, Sitting Bull avait deviné nos intentions de l'attaquer et il avait pris aussitôt le chemin du Canada. Malgré le fait que nous n'avions que de la cavalerie et des scouts, on s'était lancé à sa poursuite, on l'avait rejoint à la rivière au Lait, à environ 75 milles de la frontière et à plus de 125 milles au sud de la montagne de Bois. Rendus là, nous avons constaté que les Sioux étaient trop nombreux pour nous et trop aguerris, et que cela nous servirait à rien de risquer des vies pour vouloir le capturer.

Un matin, nous étions approchés à portée de fusil de l'ennemi, nous eûmes trois hommes de cavalerie et un roughrider de tués. Moi, je fus assez chanceux pour ne point avoir de mal, mais ils tuèrent mon cheval sous moi. Je réussis à prendre sept de leurs propres chevaux. Dans cet engagement-là, nous les scouts, nous leur avons pris à peu près 200 chevaux. Les Sioux comptaient au moins 2,000 hommes à en juger à la vue. Heureusement pour nous qu'ils manquaient de munitions, car sans cela ils auraient répété la tragédie infligée à Custer.

Le manque de munitions fut le grand handicap des Sioux pendant toutes leurs guerres contre les Américains. Ils ne pouvaient s'en procurer nulle part. C'est à peine si quelques traiteurs leur en laissaient, juste assez pour tuer le gibier et subvenir aux besoins de leurs familles. Ceux qui étaient en territoire américain n'en trouvaient pas même assez pour ça. Et s'ils en obtenaient des traiteurs clandestins qui en prenaient le risque, ils les payaient à des prix exorbitants. Il faut admettre que celui qui se faisait prendre à fournir des munitions aux Sioux risquait de se faire lyncher aux mains de la *vigilance.*

La *vigilance,* formée d'une escouade de policiers improvisés, était un système que les shérifs américains avaient adopté pour punir les voleurs. Quand un homme était pris à voler des chevaux ou du bétail, ces policiers s'emparaient du voleur et le pendaient sur place, souvent sans autre forme de procès que de constater le fait du vol. Et quelquefois même sans prendre cette peine-là. Ce ne fut pas long avant que le lynchage s'étendit à tout cas de vol, au meurtre et au viol. C'était surtout applicable pour les Indiens, les Mexicains et les Nègres. Les Américains y étaient moins exposés, pourtant ce n'était point à cause qu'ils étaient plus en odeur de sainteté!

Au mois d'octobre 1881, six bateaux amenèrent les ravitaillements du gouvernement jusqu'à la rivière au Lait. Ils n'allèrent pas plus loin parce que l'eau était trop basse. Un bateau avait à sa remorque deux barges chargées d'effets pour l'armée. L'une s'est arrêtée à la rivière au Lait, l'autre a continué au Fort Benton avec les passagers. Le fret de la barge de la rivière au Lait était destiné aux soldats du Fort Assiniboine et pour le transporter, il fallait cinquante voitures. Pour lors, ils ont engagé tous les attelages disponibles et ils ont dépêché les scouts et cent roughriders pour empêcher les Sioux de Sitting Bull de voler les chevaux et les mulets des voitures. On est resté à l'embouchure de la rivière au Lait pendant les trois jours qu'a duré le chargement des voitures. Tous les soirs, les chevaux et les mulets étaient attachés aux voitures et entourés d'un cordon de sentinelles qui montaient la garde. Le camp de Sitting Bull était au nord de l'endroit où nous étions, dans un pays très accidenté où les Sioux pouvaient se dissimuler aisément.

Chaque matin, on mettait chevaux et mulets en liberté pour les laisser pâturer. Le quatrième jour, on avait fini de charger les voitures et un bon nombre de mulets et de chevaux étaient déjà au pâturage, quand on entendit des coups de feu mêlés de cris de joie, venant d'une soixantaine de Sioux cachés à peu de distance. Ils guettaient le moment où les mulets et les chevaux seraient mis en liberté pour leur faire peur, les éloigner du camp et les piller. Quand j'entendis la fusillade, j'étais en train de faire ma toilette de la journée; je compris tout de suite ce dont il s'agissait. Je dis à mon voisin de lit, Jean-Baptiste Desjarlais, de seller son cheval et le mien puis de venir me rejoindre au plus vite. Ce disant, j'ai gaffé ma carabine et je suis parti à pleines jambes du côté d'où venaient les coups de feu, car la bataille était déjà prise.

Quand Desjarlais me rejoignit avec mon cheval, j'étais déjà parvenu à couper le chemin aux mulets et aux chevaux que les Sioux avaient fait fuir du côté de leur camp. Avec l'aide de quelques camarades j'avais réussi à les faire revirer, et on les ramenait tandis que les Sioux retraitaient.

La bataille avait fait vingt-cinq morts chez les Sioux, nous avions nous-mêmes dix morts et cinq blessés sérieusement, plus quelques autres plus ou moins égratignés. Moi-même, j'avais eu la jambe droite meurtrie par une flèche, mais qui n'était pas empoisonnée, ce qui ne m'empêcha pas de partir avec les autres à la poursuite de nos assaillants, chose que je ne voulais point manquer. Quand nous sommes arrivés où les Sioux étaient avant l'attaque du matin, le camp était levé, les 2,000 mille hommes de Sitting Bull avaient disparu parmi les buttes et les ravins.

Ceux de nous qui avaient l'expérience de la guerre, contre les Sioux dans des endroits aussi difficiles d'accès, avons conseillé à nos gens de retourner au camp avant de risquer d'être cernés et anéantis inutilement. Ensuite, on est reparti avec les fréteurs vers le Fort Assiniboine que nous avons atteint deux semaines plus tard.

Revenu à la rivière au Lait, j'ai trouvé mon cachet contenant l'avis que c'était mon tour de faire du service libre. Je n'en avais pas fait depuis plus de six mois, je n'ai jamais su pourquoi. Tout ce que j'avais à faire, c'était d'obéir et de me taire.

Le service libre ou *scouting at large* consistait à faire le travail de scout sans uniforme et sans arme. Voir tout sans être vu, entendre tout sans être entendu. C'était faire service d'espionnage. Un homme était laissé tout seul, à lui-même, et devait se débrouiller comme il pouvait. Parmi les Indiens, c'était plus facile pour un Métis de passer inaperçu du moment qu'il maniait bien la langue et qu'il savait faire semblant. Personnellement, je pouvais très bien m'arranger sous ces deux rapports. Pour mieux cacher mon jeu, je faisais un peu de traite, me spécialisant dans celle d'objets insignifiants à l'usage des femmes. Le truc était de passer d'une place à une autre sans laisser le moindre soupçon derrière soi. C'était facile et j'aimais ça. Je voyais beaucoup de pays et je faisais de nombreuses connaissances. Ces dernières n'auraient pas été toutes du goût du Père Lacombe ou du Père St-Germain, mais on fait sa vie comme on peut dans ce bas monde. Pas vrai? Aussi souvent que possible il fallait faire rapport de ses activités et de ses observations à son quartier général, qui devait toujours savoir où vous étiez et pourquoi.

Au mois de juillet 1882, l'on nous apprit que Takanka Youtonga s'était soumis aux autorités américaines et que je devais me présenter au poste du Fort Buford avant le dernier jour d'octobre, pour la fin de mon engagement. C'est ce que je fis, mais en me présentant l'on m'avertit que mon salaire serait moindre avec le renouvellement suivant. Je n'ai pas voulu accepter une diminution de salaire et je fus libéré du service après avoir reçu mon permis de prendre un terrain en territoire américain.

Je m'étais enrôlé le 15 mars 1881 et mon service expirait le 15 septembre 1882, mais vu mon bon record, comme on disait, on me fit grâce du reste des dix-huit mois pour lesquels je reçus 1,500 piastres d'un coup. A part cela, j'avais fait quelques centaines de piastres avec la traite que l'on m'avait permise en manière de passeport pour dissimuler mon jeu de scout, ou si vous préférez, d'espion.

ANDRÉ NAULT (Nin-Nin)

Bérard

124

CHAPITRE XI

Pendant mon service, je n'avais à peu près rien dépensé. Je me trouvais donc en possession de près de 2,000 piastres en argent sonnant, d'un permis pour une demi-section de terre, en sus de mon droit de concession gratuite de 160 acres et d'un autre 160 acres en préemption, ce qui faisait un total de 640 acres, dont 480 gratuitement, sauf 10 piastres pour frais d'enregistrement. Je n'avais que 23 ans, j'étais en pleine maturité et en pleine santé.

Je songeais, pour lors, aux conseils que nous donnait le curé Ritchot quand nous étions à la petite école de Saint-Norbert : j'eus envie de me choisir une belle section de terre et de me faire habitant. J'aurais bien dû ; je serais riche aujourd'hui, et tout probable que je ne serais jamais devenu aveugle, qui sait? D'un autre côté, il est aussi probable que je ne serais jamais revenu à la religion de mon enfance. Je l'avais, hélas, abandonnée dans mes galvaudages au milieu des païens et de toutes sortes de gens. Il est même possible que j'eusse adopté la façon de vivre de mes ancêtres indiens, car j'eus un moment la velléité de prendre une femme siouse.

J'étais indécis quand je résolus de remettre à plus tard mon choix d'une terre et. . . d'une femme siouse. J'ai acheté un wagon et quatre beaux chevaux tout attelés et j'ai remonté le Missouri jusqu'au Fort Opheim, qui se trouvait à 60 milles en haut de l'entrée de la rivière au Lait. Là, j'ai rencontré Majoric Lepage que j'avais connu à Saint-Norbert. Il avait lui aussi un attelage de quatre chevaux. Nous nous sommes mis en société. Nous avons acheté de la boisson, des cartouches, du tabac, du thé, et tout, puis nous sommes partis pour traiter avec les Métis et les Indiens qui chassaient le buffalo sur la Musselshell, tout près du bassin de la Judée. Nous avons traité là tout l'automne et tout l'hiver jusqu'au printemps. Quand on n'avait plus rien à vendre, on allait se ravitailler au Fort Morris et des fois à Carl, à 125 milles plus à l'ouest, toujours le long du Missouri.

Au mois de mars 1883, je suis parti et je me suis enrôlé pour les capitaines Allan et MacDonald qui étaient en charge des casernes de la montagne de Bois. Mon emploi consistait à visiter les Métis venus du Manitoba qui n'avaient pas encore vendu leurs *scrips* mais qui étaient en âge de le faire, maintenant. Allan recevait une liste au jour le jour des *scrips* disponibles, avec leur valeur telle que dressée par le bureau des terres à Winnipeg.

Je devais accompagner Allan partout où il allait, lui servir d'interprète et de guide. Nous avons gréé des chevaux de selle et de bât, on a traversé la rivière au Lait, suivi la Missouri de chaque côté, la traversant de distance en distance. A certains moments le voyage était plutôt périlleux. Les Indiens de ce pays-là étaient apaisés, mais ils avaient le coeur encore plein de haine du blanc. Il ne faisait pas toujours bon de se trouver au milieu d'eux, si vous n'aviez pas l'air assez Indien et si vous ne parliez que l'anglais. Ce n'était pas si mal si vous parliez le français car alors vous pouviez passer pour Métis, et, pour une fois c'était bien commode, même utile d'en être un! À part ça, il y avait des ours, en voulez-vous en v'là, des noirs, des bruns, des jaunes et des grizzlés; des pumas, en très grand nombre. Ces derniers n'attaquent pas l'homme, que je sache, mais pour le grand loup de bois, leur voisinage n'est pas rassurant pour vous-même d'abord, encore moins pour vos bêtes de selle et de somme.

Le croiriez-vous? Il y avait même des serpents. Ils étaient rares, mais il s'en voyait de temps en temps.

Un jour que je chevauchais seul dans un chemin fort boisé de chaque côté, je vis un serpent qui me coupa la route à quelques pas de mon cheval. J'en fus presque renversé. Mon cheval se cabra avec tant de fougue et de frayeur qu'il faillit me jeter par terre. Je voulus tirer sur le monstre, mais il avait disparu dans l'épaisse ramée. J'aurais pu, je crois, le relancer, mais la frousse m'en empêcha. Je ne sens aucune honte à l'admettre.

Le soir à notre campement à la belle étoile, je racontai mon aventure à Allan qui me fit entendre, un peu trop clairement à mon goût, que je blaguais. Piqué, je lui offris de parier un mois de mon salaire contre 100 piastres que je lui fournirais des preuves de ce que je disais. Le lendemain matin, on rebroussa chemin sur une distance d'une couple de milles. Quand nous sommes arrivés à l'endroit où le serpent d'un demi-mille de long, me dit Allan, m'avait coupé le chemin, le capitaine avoua qu'il y avait du vrai dans ce que je lui avais raconté. Il me demanda de le suivre sous la feuillée, pour voir si le monstre était allé loin. En refusant de l'accompagner, j'évitai d'être l'objet de sa raillerie en rejetant la faute sur mon cheval qui ne cessait de renâcler et de pivoter. Allan partit seul pour revenir au bout d'une demi-heure, au moins, avec l'histoire que la bête s'était enroulée sur elle-même dans une éclaircie, à quelques centaines de pas de nous.

Je lui demandai pourquoi il n'avait pas tiré dessus. Allan me répondit franchement qu'il aimait mieux le voir tranquille dans un tas qu'en mouvement. Je lui rappelai ce qu'il m'avait dit la veille au soir et ce fut à mon tour de lui rire au nez.

Près d'un mois plus tard, passé le Fort Benton, nous étions au pied de la Queue d'Oiseau quand, un matin, nous avons aperçu cinq moutons de montagne. Allan suggéra d'en abattre un pour nous faire de la viande fraîche. On fit un détour en bas du vent pour s'approcher à portée facile. A notre arrivée à distance voulue, les moutons s'étaient enfuis, à l'exception d'un seul qui paraissait empêtré dans quelque chose. On vit qu'il y avait un gros serpent, enroulé autour de son corps et qui lui tenait une patte de devant avec sa gueule. Allan tua le serpent d'un coup de carabine, mais le mouton ne pouvait plus bouger tant il était rendu à bout d'haleine et de force. Le reptile, d'un pied de diamètre, devait mesurer de douze à seize pieds de longueur. Nous étions en train de le redresser afin de le mesurer quand deux Sioux et un Assiniboine survinrent, le prirent et l'emportèrent pour lui prendre la peau et la repasser.

Il n'y avait pas que les bêtes qui étaient dangereuses, les hommes, y compris les blancs, l'étaient aussi; car c'était au temps où des *Bad Men* visitaient périodiquement les sites de mines et les chantiers de bois. La Missouri elle-même n'était point sans péril. Un coup, nous l'avons traversée pendant qu'elle était à pleine écore, que la glace charriait et nous avons failli nous noyer tous les deux avec nos chevaux. Allan a perdu le sien qui a callé entre deux glaçons. Il n'avait pas eu le temps d'enlever ses bottes et de s'ôter les pieds des étriers dont un le retenait. A ce moment-là, j'avais atteint le rivage opposé. Quand je l'ai vu mal pris, je suis parti vers lui en sautant d'un glaçon à l'autre, et je suis parvenu à le tirer sur la glace.

Son cheval ne valait pas grand-chose, comme tout cheval ordinaire de ce temps, mais il lui en fallait un. Pour lors j'ai dû lui passer le mien. Il avait perdu son linge, ses couvertures, ses armes, ses munitions, sa selle, sa boisson et tout ce qu'il avait pour faire la traite. Pour ne point le laisser à pied, je lui ai passé la moitié de mon propre avoir, et de mes couvertures. Moi je me suis fait une selle et nous avons continué notre chemin. Après avoir revisité le Fort Benton, Carl, Rocky Point et le bassin de la Judée, nous nous sommes rendus au Fort Assiniboine, puis de là nous avons traversé la montagne de la Main d'Ours.

Au Fort Assiniboine, Allan prit la diligence pour le Fort Benton. Il me dit en partant que s'il avait besoin de moi, il m'enverrait une dépêche télégraphique. C'est ce qui m'arriva trois jours plus tard. Il me manda d'aller le rejoindre au plus tôt. Je le rencontrai à Benton, et on retourna au Fort Assiniboine, de là en territoire canadien, au Fort Walsh, et le long de la montagne Cyprès, servant toujours de guide et d'interprète.

La police montée quittait son poste de la montagne Cyprès pour aller s'installer à Maple Creek, où devait passer le chemin de fer du Pacifique Canadien. On se rendit donc à Maple Creek où on fut surpris de constater que le lit de la voie ferrée était terminé jusqu'à Medecine Hat. Quand je vis la prairie veuve de ses immenses troupeaux de bisons, les Indiens comme égarés dans la solitude et l'oisiveté, je me suis senti perdu moi-même, pris de dégoût au point que je ne savais plus que faire ni penser. Mais, quand je vous parle de dégoût, ç'en était du vrai!

Pour me changer les idées, j'ai voulu goûter au confort de voyager dans les chars. Pour lors, j'ai pris le train et je me suis rendu dans la ville grandissante de Régina, où certaines affaires nécessitaient mon attention personnelle.

Au bout de quelques jours je me suis rendu en train jusqu'à la Mâchoire d'Orignal. Là, j'ai pris la poste avec Morin pour retourner à la montagne de Bois où mon temps était payé jusqu'à mon retour selon mon engagement avec Allan et MacDonald. Là, j'ai repris mes chevaux et mon wagon que j'avais confiés à Jean-Louis Légaré, puis chargé d'effets de traite, je suis parti du côté de Régina, traitant chemin faisant pendant trois semaines.

A Régina, je comptais travailler dans la construction des rues pour un nommé Bonneau, un entrepreneur qui tenait en même temps un magasin. Je suis resté là jusqu'au mois d'août 1883, attendant que l'ouvrage commençât. Cela me faisait du bien, c'était une distraction bienfaisante. Il y avait une cinquantaine de familles métisses dont les chefs s'attendaient, comme moi, d'avoir de l'ouvrage avec leurs chevaux. Nous étions campés ensemble juste en dehors de la ville, menant la même vie qu'autrefois. Ça nous réconciliait un peu avec le changement trop rapide que la civilisation nous apportait avec persistance.

Cette vie nouvelle qui nous arrivait à fond de train sans nous donner le temps de nous orienter me tombait sur les nerfs. Je me serais cru en train de devenir fou si je ne m'étais aperçu que nous étions tous pareils. Sur ces entrefaites, je me suis tanné d'attendre. J'ai repris la plaine pour traiter avec ceux qui travaillaient la racine de sénéga. Cela tuait l'ennui, tout en me faisant faire du chemin vers un but plus déterminé. De cette façon, presque à mon insu, je me suis rendu jusqu'à Troye, à 18 milles du lac Qu'Appelle. J'avais vendu tout ce que j'avais.

Pendant que je me débarrassais des effets reçus en échange, j'ai rencontré mon frère Roger, qui était avec André Nault, une connaissance de longue date. Tous deux arrivaient de La Montée, mieux connu sous le nom de Batoche, poste de traite d'un nommé Letendre dit Batoche. Ils venaient chercher du fret à destination des traiteurs de Batoche et du Lac aux Canards. En me rencontrant ils m'ont demandé de me joindre à eux autres. C'était une belle occasion de me rendre plus loin tout en faisant

LA RACINE DE SERPENT
Polygala senega

BÉRARD

de l'argent, tout en me sentant en agréable compagnie. Je n'avais pas vu mon frère Roger depuis trois ou quatre ans. J'avais été à l'école de Saint-Norbert avec André Nault, qui était le fils du vieux Nin-Nin (André Nault) de Saint-Vital, aujourd'hui Fort Garry. Parmi d'autres connaissances rencontrées, il y avait Delphis Nolin, un fils de Charles Nolin, ancien ministre de l'agriculture du Manitoba, et Michel Dumas que nous appelions Petit Rat ou Watcheskons.

J'ai tout de suite acheté un autre wagon, ce qui m'en faisait deux, que j'ai chargés, et je suis parti pour Lac aux Canards. Mon frère demeurait à 4 milles au sud de la Montée, à la traverse de Gabriel Dumont. J'ai resté chez mon frère Roger pendant que je frétais de Prince-Albert à Troye et vice-versa. Au mois d'octobre 1883, nous nous sommes mis de société pour fréter de Prince-Albert à la Rivière Bataille, à 150 milles plus à l'ouest, sur la rivière Saskatchewan. Au retour il y avait de la neige, et j'ai décidé de demeurer avec mon frère.

Marguerite-France Bourbon c·1880

CHAPITRE XII

Après de longues hésitations, je vous relaterai le souvenir qui a le plus marqué ma vie. J'hésite, non pas qu'il ait en lui-même un tant soit peu de répréhensible, bien au contraire, mais parce qu'il concerne une autre personne que moi. Une personne que la prière d'une bonne et tendre mère a sans doute placée sur mon chemin.

Je ne saurais dire au juste où j'ai rencontré pour la première fois Marguerite ou plutôt Marguerite-France Bourbon, probablement au cours d'une de ces inoubliables soirées de camp d'hivernement qui furent les débuts de ma vie de garçon. Je me souviens que plus tard, je la voyais dans mes rêves coutumiers et j'imaginais la réalisation de notre vie à deux. J'avais connu son grand-père, puis son père, au cours d'une caravane de chasse au buffalo dans la montagne Cyprès. J'avais rencontré Marguerite dans une caravane semblable dans la montagne de Bois. Le grand-père en question, Louis Bourbon, fils d'un autre Louis, dont le père, disait-on, s'était enfui des grands pays d'Europe pour faire oublier qu'il était l'aîné d'un dernier roi et l'héritier du trône de France.

L'on disait qu'il avait passé de l'Angleterre aux Etats-Unis, où il s'était fait aventurier des grands déserts de l'Ouest et chasseur à course de buffalos. L'on ajoutait qu'au cours de son pèlerinage à travers le Nouveau Monde, comme il l'avait souvent appelé, paraît-il, il s'était identifié avec une tribu siouse ou assiniboine qui avait effacé chez lui les derniers vestiges de sa race, et pour mieux dissimuler son identité, il avait adopté le nom de Boisjoli et sa femme portait celui d'Adèle Boisjoli. Quand j'ai connu le grand-père et le père de Marguerite, ils étaient des chasseurs émérites et de braves guerriers de la prairie, qui parlaient un très beau français. C'était de beaux hommes, de haute taille, droits et bien proportionnés.

Chose remarquable, tous les Bourbon que j'ai connus savaient lire et Marguerite ne faisait point exception. Elle nour-
rissait l'idée de se faire soeur. Elle me le dit plus d'une fois, et
c'est ce qui a détourné mes intentions de la demander en mariage. Je n'ai jamais osé lui en parler, je ne m'en croyais pas digne,
bien que je fusse certain qu'elle m'aimait un peu. Dans l'intimité
elle s'appelait Marguerite-France Bourbon dite Adèle Boisjoli,
le nom qu'on lui donna à sa naissance dans les Etats-Unis.

Sa mère, me disait-elle, était teintée d'espagnol. Quelqu'un
qui prétendait la connaître depuis son enfance me confiait un
soir qu'elle avait du sang noir, une de ses grands-mères était
esclave. Nos propos d'amour n'ayant jamais été intimes à ce
point, je ne lui en ai jamais parlé. Marguerite était brune au
teint clair et mat, mais loin, loin d'être noire.

CHAPITRE XIII

Vers le mois de décembre 1883, Philippe Garnot a pris un contrat pour fréter cinq cents sacs de farine de Prince-Albert au Lac Vert, qui se trouve à 110 milles à vol d'oiseau vers le nord de la Rivière Bataille. Garnot m'engagea avec mes wagons et il m'a mis en charge de ses propres voitures. J'ai fait deux voyages au Lac Vert, un dans le mois de décembre et un autre en janvier 1884.

Quand j'eus fini le contrat de Garnot, je suis retourné chez mon frère Roger, à La Montée sur la Fourche des Gros-Ventres. La Fourche des Gros-Ventres était le nom que les Métis donnaient à la Saskatchewan du sud. La Montée était autrefois le nom d'un fort qui se trouvait quelque part entre Batoche et Saint-Laurent d'aujourd'hui. Je me rappelle en avoir vu des traces, mais je n'ai jamais vu le fort lui-même. Ce fort donnait son nom à tout le voisinage, jusqu'à la traverse où se trouvait le poste de traite de Batoche. Plus tard, la traverse prit aussi le nom de ce dernier et, avec le temps, ce fut aussi celui du bureau de poste, puis celui du district scolaire. Le nom de Gros-Ventres est celui d'une tribu indienne qui habite sur une rivière au pied des Rocheuses, qui devient, en se grossissant d'autres petits cours d'eau, la branche sud de la Saskatchewan.

Le 24 mars 1884, Gabriel Dumont et José Vandal sont venus me demander d'assister à une assemblée, qui devait se tenir, le soir même, dans la maison d'Abraham Montour, à Batoche. J'ai attelé sur ma voiture et j'ai pris Vandal avec moi, tandis que Dumont est parti seul dans la sienne.

Gabriel Dumont a présidé l'assemblée de trente hommes et Michel Dumas agissait comme secrétaire. Dumont commença en nous expliquant pourquoi nous étions convoqués. Il nous avertit que l'assemblée serait secrète, que nous serions tous mis sous serment, et que chacun s'engagerait à dire ce qu'il pensait.

Quand chacun eut fait serment Gabriel Dumont exposa la situation. Il n'avait aucune instruction, mais c'était un homme de tête de premier ordre qui parlait avec une facilité extraordinaire. Son physique superbe et le beau timbre de sa voix s'imposaient à l'attention de n'importe quel auditoire. Quand il s'exprimait dans la langue crise, comme c'était le cas ce soir-là, il pouvait faire ce qu'il voulait avec le public qui l'entendait. Il connaissait à fond ce dont il parlait, et ce ne fut pas long avant qu'il soit maître de l'assemblée.

Gabriel Dumont expliqua comment et pourquoi les Métis du Nord-Ouest avaient droit au même traitement que ceux du Manitoba. Il a rappelé le fait que lorsque le gouverneur général du Dominion était passé dans l'Ouest en 1878, les Métis lui avaient exposé leurs griefs. Ils lui avaient dit que non seulement les Métis de l'Ouest n'avaient pas eu d'octrois de terrain en vertu de leur ascendance indienne, comme les Métis du Manitoba, mais que même tous ceux qui avaient pris des terres depuis quinze, vingt ans et plus, n'avaient jamais reçu la reconnaissance de leurs titres et que les agents du gouvernement leur faisaient payer le foin et le bois qu'ils coupaient sur ces terres-là, qu'ils croyaient leur appartenir deux fois, une fois comme enfants naturels du pays par droit de naissance indienne et une fois par droit de premiers occupants comme colons.

Gabriel Dumont parla longtemps des misères et des injustices que l'on faisait endurer aux Métis depuis le jour où ces derniers avaient laissé les blancs s'installer en maîtres dans le pays.

Il souligna qu'à l'occasion du passage du gouverneur, celui-ci avait promis aux Métis qu'il mettrait leur cause entre les mains du gouvernement et qu'il verrait lui-même à ce qu'ils obtiennent le règlement de leurs justes revendications. Or, continua Dumont, il y a bien des années de ça, et nous n'avons encore rien eu, malgré toutes nos requêtes et nos pétitions à Ottawa, malgré les démarches de toutes natures que nous avons faites et fait faire auprès du gouvernement. En finissant, Dumont nous dit: "Eh bien! mes amis, ce n'est pas tout. Nous n'aurons rien du gouvernement! Il nous a volé notre pays par des promesses et maintenant qu'il en est maître, il se moque de nous autres. Il n'a pas l'intention de nous accorder quoi que ce soit en retour du sol sous lequel dorment les générations de nos ancêtres. Non. nous n'aurons jamais rien, tant que nous ne prendrons pas la chose dans nos propres mains, et que nous ne forcerons pas le gouvernement à nous rendre justice."

Dumont rappela les efforts qu'il avait faits depuis 1870, pour unir les Indiens afin de les amener à présenter un front uni et solide devant l'invasion des blancs. Il admit que seul, il ne pourrait réussir complètement vu qu'il manquait d'instruction pour inspirer la confiance des intéressés en même temps que celle des envahisseurs. "Mais, avant de m'asseoir, j'aimerais vous dire qu'il y en a un qui pourrait faire ce que je voudrais accomplir, c'est Louis Riel, allons le chercher au Montana."

Tous approuvèrent entièrement ce que Dumont venait de dire. Pour ma part, il y avait longtemps que j'avais pensé à tout ce qu'il venait d'exposer, mais comme lui, Dumont, je n'avais pas les aptitudes pour me mettre en tête du mouvement. Charles Nolin se fit l'interprète de nous tous en remerciant Dumont de nous avoir si bien dit la vérité.

La question métisse, dit Charles Nolin, est comme une charrette. Pour la faire marcher il faut deux roues et, dans le moment, il nous en manque une. Si nous la voulons, il nous faut aller la chercher dans le Montana, le long du Missouri.

Le discours de Nolin, sans être à la hauteur de celui de Dumont, était plein de bon sens, comme tout ce qu'il disait chaque fois qu'il parlait. Il fut décidé à l'unanimité que Dumont serait le meilleur homme à envoyer au Montana chercher Riel. Sur ce point, quelqu'un rappela qu'un voyage au Montana serait long, dispendieux et périlleux, donc si Dumont y allait, il aurait besoin d'au moins un compagnon qui connaîtrait le pays à traverser ainsi que les gens qui l'habitent. "Or, dit celui qui parlait, un de ces compagnons-là est tout désigné. Nous avons parmi nous Tit-Louis Goulet qui vient d'arriver du Missouri. Il connaît bien le pays et Riel, et sait exactement où il est."

Sur ce, j'ai remercié l'assemblée de me faire cet honneur mais je regrettais de ne pouvoir accompagner Gabriel Dumont au Montana, parce que je venais de signer un contrat d'une année pour conduire la poste des arpenteurs de la région de la

PHILIPPE GARNOT

Bérard

Rivière Bataille. Tout le monde comprit le bien-fondé de mon refus et l'on décida d'en chercher un autre. Nolin suggéra que la première chose était de trouver l'argent nécessaire au voyage de deux ou trois hommes. Il fut résolu de convoquer une autre assemblée de trente hommes pour discuter la question d'argent et le choix de ceux qui iraient avec Dumont chercher Riel au Missouri.

Retournant chez moi, j'étais content de m'en être tiré à si bon compte. La raison que j'avais donnée pour ne pas accompagner Dumont était bonne, mais il y en avait une autre que je préférais taire. Je n'avais jamais aimé Riel. Mon père avait été contre lui durant les troubles de la Rivière-Rouge en 1870. Moi-même, j'avais eu des difficultés avec lui, plusieurs fois, au sujet de la traite de la boisson dont il était un ennemi juré. A cause du passé, je craignais que ma présence dans la délégation pût nuire à la cause métisse. Par justice envers la mémoire de l'homme, après l'avoir mieux connu, je suis heureux de pouvoir dire que tel n'eût pas été le cas. Riel n'était pas homme à nourrir une rancune ou se rappeler un différend. Mais je ne le savais pas ce soir-là.

L'assemblée avait été un succès. Tous les plus sérieux dans les environs avaient dit leur mot. Abraham Bélanger avait dit que pour forcer la main d'un gouvernement pour obtenir nos droits, c'était une grosse affaire. Il avait été le seul à parler de prendre les armes en guise d'avertissement, comme une possibilité, mais pas plus. "Je ne crois pas, avait-il dit, que c'est la manière. Pour ma part, je n'ai rien à réclamer, tous mes enfants ont eu leurs droits au Manitoba." Baptiste Boucher avait exprimé que ça ne servait à rien d'attendre, qu'il fallait avoir Riel ici au plus tôt et voir ce qu'il nous conseillerait. Quand vint mon tour, je leur ai dit que je ne voyais pas ce que j'avais à ajouter. J'étais trop jeune pour leur donner des conseils, et puis, moi itou j'avais reçu mon *scrip*, au Manitoba.

Ce soir-là je suis allé chez Vandal où je me suis mis en pension. La semaine suivante, je suis parti pour la Rivière Bataille où j'ai travaillé tout l'été comme conducteur de la poste pour les arpenteurs. Aux gelées, je me suis bâti un campe à la petite rivière de l'Orignal, à 146 milles à l'ouest de la Rivière Bataille. Dolphis Nolin, Adélard Poirier, André Nault, Tâtine St-

Denis et moi-même avons pris un contrat du gouvernement pour faire du bois carré, de là la nécessité de nous construire un logement sur les lieux de notre travail.

En mars 1885, on envoya André Nault à la Rivière Bataille chercher des provisions. C'était durant la fonte des neiges, André Nault se hâtait afin de revenir avant que les chemins se cassent, préférant voyager avec deux traines. En allant et en revenant, il avait logé au Fort Pitt où les gens s'étaient montrés avides de nouvelles, principalement au sujet de la rébellion dont tout le monde parlait à part nous cinq, qui n'en savions rien. Nault avait répondu qu'étant parti de Rivière Bataille depuis 1884, il ignorait tout de ce qui s'y était passé. Ce qui était parfaitement vrai.

Le lendemain, Nault partit de Fort Pitt pour se rendre à notre campe. Après son départ, il paraît qu'un télégramme était arrivé de la Rivière Bataille, prévenant la police montée, à Fort Pitt, qu'un espion de Riel était en route de ce côté-là. Pensant que Nault était l'espion en question, la police a donné tout de suite après lui. Lorsque les deux agents à cheval l'ont rejoint, André Nault était à 20 milles du fort. Ils ont fait semblant de rien, ont continué tout droit jusqu'à Lac la Grenouille où il y avait un autre détachement de la police montée. Quand André Nault atteignit le Lac la Grenouille il alla s'héberger chez Johnny Pritchard. C'était tout à côté de la maison de la police. Les deux maisons étaient si proches l'une de l'autre que c'est à peine si un homme pouvait passer entre les deux.

André Nault était à peine entré chez Pritchard que les deux agents qui l'avaient dépassé le long du chemin firent irruption à leur tour et mettaient Nault en état d'arrestation, mais en lui disant qu'ils ne savaient pas pourquoi. Le lendemain matin, on ramena Nault au Fort Pitt, on le fit comparaître devant le capitaine Dickens, le fils du romancier anglais Charles Dickens. Après un interrogatoire minutieux sur tous ses agissements depuis 1884, le capitaine Dickens fut assuré de l'innocence d'André Nault. Il le fit donc reconduire au Lac la Grenouille, puis de là, à notre campe sur la petite rivière de l'Orignal. Plus tard, après la rébellion, je me suis laissé dire par les Indiens qu'un espion de Riel avait bel et bien passé, il se rendait au Lac la Biche, mais c'est tout ce que j'en ai su.

Vers le 27 ou le 28 mars 1885, un métis indien du nom de William Gladu qui chassait avec sa famille tout proche de notre campe vint emprunter un cheval de selle d'André Nault pour aller chercher des effets au Lac la Grenouille.

Pendant la nuit du dimanche, le détachement de la police montée, comprenant le caporal Leslie, l'agent Cowan et un autre agent dont le nom m'échappe, s'était sauvé du Lac la Grenouille au Fort Pitt. Avant de s'enfuir les deux agents du détachement avaient conseillé à Delaney, Gowenlock et aux autres blancs de s'enfuir au Fort Pitt parce que les Métis se battaient déjà dans la région du lac aux Canards et que le camp de Mistahé Maskwa pourrait les attaquer. Delaney était un Irlandais catholique et le fermier-instructeur des Indiens; Gowenlock, lui, était un marchand qui tenait magasin à un mille ou deux de la mission du Lac la Grenouille, sur la petite rivière La Grenouille qui relie le lac de ce nom à la rivière Saskatchewan. Il était à construire un moulin à scie qui serait mû par l'eau. Toute la machinerie était rendue et le barrage était déjà pas mal avancé. C'est en travaillant à ce barrage que Guillaume Rocheleau, jadis de Saint-Norbert, s'était fait écraser. Gowenlock y avait sa maison itou, son commis était un nommé Gilchrist.

Gladu a ressoud à notre campe le lundi en nous disant: "Ah! ben, mes vieux, j'ai de grandes nouvelles à vous apprendre. Il paraît que les Métis ont battu la police au Lac aux Canards et celle du Lac la Grenouille s'est enfuie la nuit dernière." Diable! qu'est-ce que tout ça veut dire? André Nault qui nous est arrivé avec l'histoire de son arrestation comme espion, à c'te heure, Gladu nous revient avec la bataille au Lac aux Canards, la fuite de la police du Lac la Grenouille, ça doit être sérieux.

Notre contrat était terminé, on n'avait quasiment rien à faire. Après dîner, Dolphis Nolin, André Nault et moi-même avons décidé d'aller voir au Lac la Grenouille ce qui se passait. Nous sommes partis à cheval, vers trois heures, tandis que

Gladu et deux autres familles d'Indiens, celle de Wechan ou Poule-d'eau que j'appelais Nistas (mon ami) et celle d'Apis-Tchaspus ou Chétif-Ourson, se mettaient en route tout de suite.

En passant chez Gowenlock, à un mille ou deux du Lac la Grenouille, Gilchrist nous informa que M. et Mme Gowenlock étaient en visite chez M. et Mme Delaney, au village. On continua notre chemin, passant à travers le camp de Gros-Ours qui se partageait en deux parties, une de chaque côté de la petite rivière La Grenouille, à un mille avant l'entrée du village. Passé le camp, on rencontra le garçon de Gros-Ours, Ayimissis ou l'Enfant Tapageur qui s'en venait à cheval. En nous voyant venir, il nous fit signe d'arrêter pour nous dire qu'il avait une lettre à nous montrer. C'était une lettre venant de Fort Pitt adressée à Tom Quinn, l'agent des Indiens au Lac la Grenouille, lui annonçant que les Métis avaient mis la police en déroute au Lac aux Canards. Le service télégraphique s'arrêtait au Fort Pitt, où l'agent avait écrit à Quinn pour le mettre sur ses gardes. Ayimissis avait volé la lettre du bureau de Quinn et voulait nous la faire lire pour savoir ce qu'elle contenait. On lui dit qu'on ne pouvait pas la lire parce qu'elle était en anglais.

Agimissis parut nous croire, fila son chemin avec la lettre et on continua le nôtre jusqu'à la première maison qui était celle du Père Fafard. On attacha nos chevaux et on entra. Le Père était inquiet, mais très, très content de nous voir, Nolin et moi particulièrement. Il avait une grande confiance en nous en cas de danger. En me voyant, il me demanda si je craignais les gens de Gros-Ours. Je lui répondis que non, ajoutant que si les Métis s'étaient battus au Lac aux Canards, les Indiens seraient assez intelligents pour comprendre que ça ne pouvait pas durer, d'ailleurs qu'ils ne feraient aucun mal aux civils.

Nous discutions de la situation avec le Père Fafard quand Johnny Pritchard entra. Pritchard était un Métis d'origine écossaise, mais de langue française, qui servait d'interprète à Tom Quinn et à la police. Il tenait une maison de pension et un magasin. Sa femme était une Métisse française, une fille d'Urbain Delorme. Nous fûmes surpris de le trouver inquiet. Il nous posa les mêmes questions que les autres au sujet des Indiens de Gros-Ours et de l'affaire du Lac aux Canards.

Tom Quinn arriva à son tour, il venait de sa maison qui était à quelque deux cents verges de celle du Père Fafard. Ah! lui, par exemple, était effarouché. Lui nous demanda, comme les autres, ce que nous pensions de la situation. On lui donna les mêmes réponses qu'aux autres. Tom Quinn était un Métis sioux dont le père avait été tué dans le massacre de 1862 au Minnesota. C'était un homme très grand, très fort, qui traitait les Indiens avec hauteur et brutalité. Ce matin-là, je lui rappelais en disant que c'était le temps de faire bonne figure, parce que les Indiens sont toujours braves devant quelqu'un qui a peur. Je parvins à le rassurer un peu, mais il avait quand même les oreilles à pic! Sa femme était une énorme Crise et ils avaient une petite fille de huit à dix ans.

Ce soit-là, nous avons mis nos chevaux dans l'écurie du Père Fafard et nous avons été souper et coucher chez Pritchard. Ça, c'était le lundi, le lundi saint. Le lendemain, Tom Quinn m'a demandé d'aller au Fort Pitt avec lui. Je lui ai promis.

Jim Simpson était le bourgeois de la Compagnie de la Baie d'Hudson au Lac la Grenouille. Il était allé par affaires au Fort Pitt et on l'attendait depuis le samedi. Tom Quinn me dit que si M. Simpson n'arrivait pas dans la journée du mardi, on partirait le soir pour Fort Pitt. Le mardi soir, M. Simpson n'étant pas arrivé, Tom Quinn changea d'idée et au lieu de partir, on remit ça au lendemain soir. Le mercredi soir, M. Simpson n'était toujours pas arrivé. Tom Quinn restait indécis. Remarquant qu'il semblait vouloir voyager le soir plutôt que le jour, j'eus l'impression qu'il avait peur.

Pour lors, j'ai dit à mes compagnons, André Nault et Dolphis Nolin: "Ecoutez donc mes vieux, nous ne sommes pas pour attendre Simpson tout l'été, retournons à notre campe où ça nous coûte pas si cher." Nous avons sellé nos chevaux, nous sommes montés et nous sommes partis. Dolphis Nolin s'est dirigé vers le camp des Indiens pour aller voir Gladu, avec l'entente qu'il nous rejoindrait chez Gowenlock.

Nous avons attendu Nolin jusqu'à la noirceur. Il n'arrivait pas. Nous ne voulions point partir sans lui, alors nous avons décidé de passer la nuit chez Gowenlock. Gilchrist, qui se trouvait seul ce soit-là, ne demandait pas mieux que de nous garder

143

pour avoir quelqu'un avec qui bavasser. André Nault a couché dans la maison, moi, j'aimais bien mieux coucher dehors, alors j'ai fait mon lit dans une tente qui se trouvait déjà montée, à ras la porte de la maison.

Le matin, au petit jour, je fus éveillé par l'écho, sortant faiblement de terre, d'un cheval à la fine course: "Tiens! Nolin." En arrivant il saute à terre et: "C'est-y toi Louis? — Oui — Ben, mon *boy*, un Indien vient de me dire de sacrer mon camp au plus vite, au plus vite. Les Indiens sont pour mal faire à matin. Tout est paré, ça nous servirait à rien d'essayer de sauver personne, juste le temps de sauver sa peau, si on veut pas la repriser!"

CHAPITRE XIV

Je connaissais trop Nolin pour ne pas être de son avis. Je me lève et je saute dans mes culottes. Ça n'a pas pris le goût de tinette que nous étions prêts à partir pour notre campe. Nous pressions Gilchrist de s'en venir avec nous autres. Il accepta, mais en suggérant : "Déjeunons avant de partir, ça ne prendra pas plus d'une minute, c'est paré, — C'est bon, arrivons tout de suite!"

Pendant que nous mangions, trois Indiens sont entrés. Je fus surpris de ne m'être aperçu de rien, mon cheval n'ayant donné aucun signe qu'il y avait quelqu'un dans le voisinage.

Les Indiens étaient armés jusqu'aux dents et ils avaient l'air sérieux. Je n'aimais pas l'endroit où ils s'étaient assis, en se plaçant entre nous et nos carabines qui étaient appuyées au mur. Ils nous regardaient manger, mais leur silence ne m'était point de bonne augure. Par précaution, au cas où l'un d'eux comprît le français, je suggérai que nous nous parlions anglais en y mêlant du français. Je parlais sioux à Nolin. J'étais assis face à la porte, mais j'avais le dos à la petite lampe accrochée par un clou au mur. Ainsi je me trouvais avoir le visage assez dans l'ombre pour jeter un coup d'oeil sur eux autres sans me faire observer moi-même. Avec des barres noires sous les yeux et le visage vermillonné, on voyait que les Indiens avaient l'idée de faire coup ce jour-là. Je faisais part de mes observations à mes compagnons de table, faisant semblant de faire des farces en cris pour me donner un air d'indifférence devant la visite!

Soudain, vers la fin du repas, la porte s'ouvrit toute grande et une vingtaine d'Indiens entrèrent. Le garçon de Gros-Ours, Ayimissis, était en tête avec à la main un tomahawk garni de clous. Je me lève, je fonce sur lui, puis je le gaffe par le gorgotton pour le jeter dehors. Comme je poussais sur lui tandis qu'il me tirait, on n'a pas mis grand temps à sortir.

Là, Nolin avait vu le coup. Les Indiens s'étaient approchés avec toutes les précautions possibles et nous avions été surpris comme des chevreuils. Les trois premiers Indiens qui étaient entrés avaient eu soin, comme je l'ai dit, de se placer entre nous et nos carabines que nous avions accotées sur le mur de la pièce où nous mangions. Quand les autres Indiens ont ressoud, nous nous étions trouvés désarmés. Rendu dehors, Ayimissis me dit: "Arrête, tu vas voir, je veux te parler." Je lui ai répondu: "Ben, penses-tu que c'est une façon d'attirer l'attention d'un homme, ça?" Il me dit: "Qu'est-ce que tu as à dire? C'est toi qui m'as poigné le premier." Nous nous parlions en cris, tandis que Nolin me criait en sioux ce qui se passait. Ayimissis voulait que je sois son interprète.

Il désirait que je dise à Gilchrist qu'il voulait lui faire ouvrir le magasin. Gilchrist me demanda ce que j'en pensais. Je lui répondis: "De ce qui se passe à cette heure, tu peux voir ce qui s'en vient. Ouvre-leur le magasin et que le diable emporte tout." Une fois le magasin ouvert, les Indiens ont tout pillé. Il y en a un qui m'a présenté toute une boîte de chemises en disant: "Na n'tchera Kimujetin deya mina kewayis-Aotina — Tiens mon ami, toi aussi tu vas avoir ta part." J'ai pris les chemises, mais non pour les garder.

Pendant que les Indiens étaient occupés à piller le magasin, nous avons voulu nous esquiver à notre campe, mais ils s'attendaient à ça, les mauvais chiens!

Au premier mouvement, nous avons été faits prisonniers. Ils ont aussi pris les trois hommes de Gowenlock: Gilchrist, Pierre Blondin et Grégoire Daunais (de l'Aunais). Nous n'avons pu faire autrement, car nous étions sans armes et tous les Indiens en avaient. Au moindre geste, nous pouvions nous faire tuer.

Ils nous firent partir deux par deux sur chacun de nos trois chevaux, à la file. Une dizaine d'Indiens battaient la marche, et le reste suivait de chaque côté et par derrière. Gardés de très près, on s'en allait du côté du camp de Gros-Ours. Le soleil se levait, un des plus beaux soleils de printemps que j'aie vu dans ma vie. Je ne sais pas pourquoi, je mis à penser: "C'est peut-être bien le dernier lever de soleil que je vois, c'est pour cela qu'il me paraît si beau". Cette réflexion involontaire me fâcha. J'allais me fondre en imprécations contre moi-même quand la vue du camp changea mes pensées moroses, et les Indiens qui nous escortaient se mirent à lancer des cris de joie et à chanter des chansons de guerre. Quand le soleil se lève luisant, beau comme ça, c'est un signe qu'on va gagner la bataille. Je dis à de l'Aunais, qui était à califourchon derrière moi : "diable! qu'est-ce qu'il rabâche donc, cet enfant de chienne-là?" De l'Aunais me répondit : "Heu! je sais bien pas le diable. Mais, contre qui vont-ils se battre?"

Entretemps, nous avions traversé le camp et nous étions arrivés au village du Lac la Grenouille. On nous a laissés mettre nos chevaux dans l'écurie du Père Fafard. Par précaution, je n'ai rien ôté du mien, je l'ai poussé comme ça, dans le premier compartiment en entrant.

On sortait de l'étable quand j'ai vu Charles Gouin qui revenait de déjeuner chez Johnny Pritchard. J'ai été au devant de lui pour lui demander : "Où est-ce qu'est ta carabine?" Il me dit : "Elle est chez moi, sous ma paillasse." Gouin tenait un magasin et y habitait, mais il prenait ses repas chez Pritchard. Je pensais : "Si je peux mettre la main sur sa carabine. . . mes maudits brayets!" Je dis à Gouin : "Allons vite la chercher." Chez lui, la carabine n'était plus là, les Indiens y étaient entrés, et l'avaient déjà confisquée. A peine sortis, nous avons vu venir les prisonniers qui avaient été pris durant la nuit et gardés dans la maison de Delaney. Ils s'en venaient du côté de l'église. Il y avait le Père Fafard, le Père Marchand, Tom Quinn, Madame Quinn et sa petite fille, Delaney avec sa femme, Gowenlock avec sa femme, John Williscraft, George Dill, Cameron, le commis de la Baie d'Hudson, le forgeron Henry Quinn, neveu de l'agent Tom Quinn. Il y en avait d'autres, avec une bande d'Indiens qui les suivaient. En arrivant à l'église, les prisonniers y sont tous entrés, nous aussi, Gouin et moi.

Il était six heures du matin, le jeudi saint 2 avril 1885! Le Père Fafard nous dit quelques paroles d'encouragement. Il nous conseilla de prier pieusement et de nous recommander à Dieu; puis, en souvenir du premier jeudi saint, il s'habilla et commença la sainte messe. Gros-Ours vint se planter à six pieds de moi. Il tenait un fusil à capsules à deux coups, tout chargé, prêt à faire feu, dont la crosse reposait sur le plancher. Il regardait faire le prêtre à l'autel. Kawpappawmas-Tchikwew ou Esprit-Errant se promenait d'un bout à l'autre de l'église avec le capot de castor de Delaney sur le dos. Il tirait des coups de feu en l'air, aux fenêtres et dans la porte.

Dehors on aurait dit une bande de loups. En pillant les magasins, les Indiens s'étaient servis généreusement à même la boisson et les essences, et il était évident que l'alcool produisait son effet. Les Indiens entraient dans l'église, en sortaient, chantaient, criaient, hurlaient et jouaient du tambour. Ils faisaient tous les temps. Ils se pavanaient partout avec le linge et les habits qu'ils avaient pris aux magasins et aux prisonniers. A un moment donné, le Père Marchand a fermé la porte, mais cinq minutes après Esprit-Errant l'avait rouverte. Pour lors, le Père Fafard s'est tourné de notre côté, puis nous a dit que ça allait trop mal, qu'il ne pouvait continuer avec tout ce tapage.

Après nous avoir bien recommandé de rester calmes, le Père Fafard s'arrêta de dire la messe. Nous sortîmes de l'église, le Père le dernier. Je traînai de l'arrière pour lui parler quand il se mit à fermer la porte à clef. Apistchaskers ou Petit-Ours lui dit rudement d'aller rejoindre les autres prisonniers. Le Père répondit qu'il voulait fermer d'abord. En entendant ça, Petit-Ours lui planta le bout du canon de sa carabine en pleine figure et le coupa sous l'oeil droit. Je sautai sur Petit-Ours et comme j'allais lui asséner un bon coup de poing, le Père se mit entre nous et dit de le laisser tranquille. Je poussai Petit-Ours en lui disant que s'il avait le malheur de reporter la main sur le prêtre.! Le Père partit en s'essuyant le visage, il saignait profusément. Il s'en alla rejoindre les autres prisonniers qui se dirigeaient vers la maison de Delaney.

Gouin et moi étions en arrière de la porte de l'église. Je lui fis remarquer qu'il gardait bien son sang-froid ajoutant que c'était en plein ce qu'il fallait faire. Il me répondit qu'il se fichait de ce qui pouvait lui arriver, parce qu'il venait de se confesser au Père Marchand pendant que le Père Fafard était à l'autel. Ce qui me fit penser: "J'aurais dû faire ça moi itou." Je fus contrarié de cette réflexion tout à fait inhabituelle. Je ne sais pourquoi, je m'étais souvent trouvé parmi les Indiens en pareilles

148

circonstances, et c'était la première fois que j'avais, en l'espace d'une minute, peur d'avoir peur. Je m'en défendais mal. Était-ce un avertissement?

L'aspect infernal des Indiens me suggéra l'image de démons dignes de l'enfer. Je me pris à penser à ma mère, à mes soeurs, à Marguerite Bourbon, au Père Ritchot et j'eus l'idée de prier, mais je ne pouvais me rappeler rien de plus que : "Je vous salue, Marie. . ." C'était tout.

Gouin me demanda si mon cheval était bon pour nous porter tous les deux jusqu'à notre campe. "Oui, lui dis-je, viens à l'étable." En m'y dirigeant, je lui dis que mon plan était que lui se sauve à l'île de bois qui se trouvait à 300 ou 400 verges. se faufile parmi les arbres jusque de l'autre côté, se mette sur mon chemin dès qu'il me verrait venir à cheval, et je le ramasserais en passant.

Mon cheval était bon coureur, je devais lui faire sauter la clôture de perches entourant l'étable, partir du côté opposé de celui de Gouin, décrire un cercle parmi les îles de bois, puis aller le rejoindre. Le seul inconvénient était qu'il n'y avait pas assez d'espace en-dedans de la clôture pour donner à mon cheval l'élan pour le faire sauter. Force me faudrait donc de passer par la barrière qui était en face de la porte, et en pleine vue des gens du camp. Mon cheval était prêt à sortir, quand par une fenêtre je vis Ayimissis avec une carabine à la main, qui guettait à la barrière. Il était armé d'un fusil à deux coups à sa selle, d'une carabine à répétition à la main. Nous n'avions que des couteaux de chasses à nos ceintures. Alors, à quoi bon? Attendons la Providence, comme venait de nous dire le Père Fafard.

Ayimissis nous avait vu entrer dans l'étable; avait-il deviné notre intention? Pour le déjouer nous sommes sortis et nous avons franchi la barrière sous le nez de son cheval, feignant de ne pas le voir, puis nous avons gagné du côté du magasin de George Dill qui était à environ 200 verges de l'étable. Là, nous avons ramassé des couteaux de poche, une pipe et d'autres choses de rien que les Indiens n'avaient pas pillés.

Les Indiens s'enflammaient de plus en plus. Du magasin de Dill, nous nous dirigions vers la maison de Johnny Pritchard quand j'ai vu venir Esprit-Errant avec Gilchrist. Esprit-Errant me dit de demander à Gilchrist s'il était en faveur de Gros-Ours ou du gouvernement. Gilchrist répondit qu'il était en faveur du gouvernement. Moi, sans penser plus loin, j'ai traduit la réponse tel quel. Esprit-Errant s'est retourné, et est parti en disant: "C'est tout ce que je voulais savoir." A cet instant je reconnus ma maladresse. Esprit-Errant ne savait pas un mot de cris. J'aurais pu faire dire à Gilchrist qu'il était pour Gros-Ours. Ni l'un ni l'autre ne se serait aperçu de la différence.

A côté de la porte de la maison de Pritchard, il y avait une grosse boîte que la police avait abandonnée. Gouin et moi sommes allés nous asseoir dessus. Henry Quinn est venu nous trouver, et tous trois nous regardions ce qui se passait, c'était de moins en moins rassurant. Les Indiens étaient de plus en plus ivres et provocants. A leur jeu sans précaution avec les armes à feu, un accident devenait imminent, nous marchions vers la catastrophe.

Nous aperçûmes les prisonniers qui venaient, dont les Pères en tête, avec leurs surplis et leurs étoles; ils sortaient de la maison de Delaney à 25 verges de nous, et s'en allaient du côté du camp. En passant devant nous, le Père Fafard nous salua par une bénédiction, et répondit à une remarque d'un prisonnier que tout ça c'était la faute de Riel et de ses gens, qui avaient pris les armes au Lac aux Canards. Gouin, qui savait que j'étais contre Riel, approuva, parlant assez haut pour que le Père l'entende. Je repris sur le même ton: "Dites donc que c'est plutôt la faute de la police qui a eu peur et qui s'est sauvée à Fort Pitt." J'avais déjà dit la même chose aux Pères quand nous étions venus de notre campe du Lac la Grenouille. Ce jour-là, je n'avais pas ménagé mes reproches à la police ni à tous les blancs, que j'avais accusés d'avoir toujours provoqué les Indiens.

Je dis à Gouin et à Henry Quinn: "Si au lieu de se sauver, la police avait groupé tous les Métis et les blancs, nous aurions pu contenir tous les Indiens du pays. Les Indiens sont braves en autant qu'ils s'aperçoivent que vous avez peur d'eux autres."

150

Henry Quinn m'appuyait en disant que si nous avions des Canadiens dans la police au lieu de ces maudits Anglais, nous aurions une bien meilleure police.

A ce moment-là, Tom Quinn, qui revenait du magasin de la Baie d'Hudson, où il était allé quelques instants auparavant, voulu faire le tour d'une mare qui se trouvait sur son chemin. Esprit-Errant, qui était à 15 ou 20 pieds de nous, lui cria de passer tout droit et de rejoindre les autres prisonniers. Tom Quinn lui dit qu'il ne voulait pas salir ses bottes. Esprit-Errant reprit: "Oui? C'est comme ça que tu ne veux pas faire ce que l'on te dit de faire, hein?" Il le coucha en joue et lui tira un coup de carabine. La balle pénétra entre l'épaule et la hanche et sortit par la poitrine. Comme il trébuchait, Carcajou lui tira un autre coup dans la tête.

Madame Quinn qui était dans la maison de Johnny Pritchard, regardait par la porte son mari venir du magasin. La petite Quinn venait de sortir pour courir au-devant de son père qui faillit la frapper en tombant. Les coups de feu partaient de tous les côtés à la fois, malgré Gros-Ours qui criait de toutes ses forces: "Peyatik! peyatik! Faites attention! faites attention!" Dolphis Nolin sortit à la course, alla prendre la petite Quinn et l'emporta dans ses bras dans la maison en refermant la porte derrière lui.

En entendant les coups de feu, Charles Gouin, Henry Quinn et moi, on s'est levé. On a voulu entrer dans la maison de Pritchard où Nolin et Nault étaient déjà. J'ai saisi la clenche de la porte, mais il y avait deux marches à monter. Gouin a foncé tête première pour me passer sous le bras. Kitchimakigan ou l'Homme Misérable lui a tiré une balle. J'ai échappé la clenche, je me suis jeté en arrière pour parer aux coups de fusil. Gouin a voulu se relever, mais Manitchus ou Mauvaise-Flèche lui a tiré une balle dans la poitrine. Gouin est retombé sur le perron: il était mort.

Tout ça n'avait duré que l'instant d'un coup de fusil. Quand nous nous étions levés de dessus la boîte, Henry Quinn avait sauté entre la maison de Pritchard et celle de la police et avait disparu de ma vue. Le croyant mort, j'ai voulu le chercher. Un des Indiens qui nous avaient faits prisonniers chez Gowenlock me mit sa carabine au coeur en me disant : "Ton argent ou je te flambe la tête!" Je lui dis : "Je n'ai pas d'argent à te donner. — Alors, donne-moi le cheval sur lequel t'es venu. — Il est à l'étable." Il me dit : "Va le chercher. Vite, cours, dépêche-toi!" Je le regarde : il était sérieux, la carabine qu'il avait en main me regardait, elle était également sérieuse, il n'y avait pas à regimber. Je pars donc à toutes jambes du côté de l'étable, mon Indien avec moi, qui me poussait dans les reins du bout de sa carabine toute chargée, bandée, prête à partir. Nous avons couru tous les deux jusqu'à l'étable, une distance d'à peu près 125 verges que j'ai franchie en un temps record. Ce record n'a jamais été battu, que je sache!

A l'étable, un autre Indien avait sorti mon cheval et était monté dessus, mais il devait traverser la barrière où j'étais avec celui qui m'avait fait courir. Quand l'Indien qui se trouvait sur mon cheval passa devant moi, je saisis la bride d'une main et avec l'autre sa jambe, et je l'envoyai voler à huit ou dix pieds sur le sol. L'Indien, qui m'avait fait courir, sauta sur mon cheval et partit vers le camp.

Maintenant, le deuxième, qui voulait me tuer parce que je l'avais jeté par terre, sauta sur ses pieds en chargeant sa carabine. Sans que je m'en aperçoive, Wechan était derrière moi. Il se jeta tout de suite entre moi et l'Indien, mit le bout du canon de sa carabine dans son estomac en lui disant : "Si tu tires sur ce jeune homme-là, je vais te tuer comme un chien." L'Indien nous laissa.

De là, Wechan et moi avons continué du côté du camp, marchant parmi les morts. J'entendais des coups de feu et des cris de joie venant de partout. Les Indiens étaient ivres de férocité. J'ai vu le Père Marchand se jeter à genoux les bras en croix, le visage levé vers le ciel, il fut tiré là. Je ne l'ai plus vu bouger. Gowenlock, Delaney et le Père Fafard avaient été tués presque ensemble. Un peu plus loin gisait le Père Marchand, et en gagnant vers le camp, il y avait le corps de Gilchrist. Un Indien a tenté de lui prendre sa montre, mais son chien, un colley à poitrail blanc, lui a sauté sur la main et lui a arraché son brayet. On a tué le chien à côté de son maître. A 50 verges plus loin, George Dill était tombé dans les branchages.

Quand j'ai vu le corps de Gilchrist, on aurait dit que mon coeur s'arrêtait de battre. C'est là que je me suis convaincu que j'en avais un. Il m'eut été si facile de lui sauver la vie, si seulement j'avais dit qu'il était du côté de Gros-Ours. C'est à peine si on avait eu le temps d'y penser et neuf vies s'étaient éteintes. Pour moi c'était dix vies, je croyais Henry Quinn mort.

Avec tout ce carnage et la mort de Gilchrist par ma faute, je ne savais pas ce qui pourrait m'arriver d'une minute à l'autre et je m'en sacrais, mais je n'étais plus si sûr de moi. J'eus de nouveau le sentiment d'être seul, dans un affreux cauchemar. La pensée de mon enfance me revint, et je me surpris à me dire :

"Si je sors d'ici vivant, je vais retourner à la pratique de la religion." Je crus voir en un nuage léger le visage souriant et triste de Marguerite Bourbon. Elle prie pour moi, me dis-je! Je fus distrait de ce rêve par la vue de Madame Simpson qui passait en tenant Cameron sous son bras. Elle était la soeur de Gabriel Dumont, une grande et grosse femme, forte comme un homme. Cameron se tenait à peine sur ses jambes et trébuchait à chaque pas. Je crus qu'il était blessé, mais non ; c'était la peur qui le rendait comme ça. Madame Simpson le traînait ou plutôt le portait.

En approchant du camp, je vis à la petite rivière la Grenouille Madame Delaney et Madame Gowenlock qui passaient dans l'eau glacée, et qui en avaient jusqu'aux genoux, et des Indiens les tenaient par dessous le bras. Comme on entrait dans le camp, Cou-Plume vint pour tirer sur moi, disant à Wechan : "Pourquoi gardes-tu ce blanc-là?" Wechan lui dit : "Ça, ce n'est pas un blanc, c'est un Métis. C'est un homme que je connais bien, et tu n'es pas pour le tuer." Pour lors Wechan m'a fait entrer dans sa loge, à l'entrée du camp.

Après une attisée pareille, ma bravoure avait été éprouvé et j'étais bouleversé. Mais après avoir pris une tasse de bon thé chaud, je me sentais reprendre courage et j'ai pensé aux deux femmes blanches. Je voulais m'occuper d'elles, retrouver mes compagnons Nault et Nolin, et faire ce que je pourrais pour ceux qui seraient dans le besoin. Madame Delaney et Madame Gowenlock me préoccupaient surtout, ma pitié allait vers elles, maintenant prisonnières de guerre des Indiens. Je connaissais si bien leurs maris qui venaient de se faire tuer. J'ai demandé à Wechan dans quelles loges étaient les blanches. J'ai été dans la loge où était Madame Gowenlock, qui était assise sur une robe de peaux de lièvre, près du feu. En m'apercevant, elle me dit à travers ses larmes : "Pensez-vous que c'est effrayant une affaire pareille?" Je répondis qu'en effet c'était très grave. Elle m'a demandé s'il n'y aurait pas moyen de ramasser le corps de son mari comme ceux des autres pour les mettre à l'abri, afin que les Indiens ne les coupent point en morceaux, comme c'était leur coutume dans ces occasions-là. Je lui ai promis d'en demander tout de suite la permission à Gros-Ours.

Je n'ai pas eu de difficulté à obtenir la permission de Gros-Ours de ramasser les corps des victimes et de les mettre dans la cave de l'église; j'ai emprunté les chevaux et le wagon de Johnny Pritchard, puis André Nault, William Gladu et un Indien sont venus m'aider. Nous avons recueilli les dépouilles du Père Marchand, du Père Fafard, de Gowenlock et de Delaney. Ce n'était pas une petite tâche. En un rien de temps, nous étions tout couverts de sang. Pour soulever le Père Marchand, André Nault a dû le prendre par les pieds et moi par-dessous les bras. Il avait le crâne ouvert par les balles et au moment de le soulever, la tête est tombée par en arrière; la cervelle a coulé dans une de mes bottes. J'ai eu cela devant les yeux pendant longtemps, et encore aujourd'hui, je ne suis pas le même chaque fois que j'y pense.

Nous avons déposé respectueusement les quatre corps, l'un à côté de l'autre dans la grande cave de pierre de l'église. Dans l'église, nous avons trouvé le tabernacle défoncé, les vases sacrés enlevés. Les hosties traînaient sur le plancher depuis l'autel jusqu'à la porte, je ne saurais dire si elles étaient consacrées, mais je pense que oui, vu que le Père Fafard avait distribué la communion ce matin-là. Toutefois, en cas qu'elles le fussent, nous les avons recueillies soigneusement et les avons brûlées dans le poêle, comme nous l'avait autrefois conseillé le Père Ritchot.

Nous avons voulu prendre les cadavres de Charles Gouin, qui gisait sur le perron de Johnny Pritchard, et de Tom Quinn, qui se trouvait au bord d'une mare, juste à quelques pas en avant de la maison Pritchard, mais des jeunes Indiens nous ont prévenus que si nous ne voulions pas que d'autres soient obligés de ramasser nos propres corps, nous ferions mieux de les laisser tranquilles. On les a ramassés quand même et on les a mis dans la cave de Pritchard.

On voulait recueillir les restes de George Dill, Johnny Williscraft et Gilchrist mais les Indiens s'y opposèrent et il nous fallut les laisser là. Par la suite, André Nault me dit qu'il les avait ramassés le lendemain avec Dolphis Nolin.

Ce même avant-midi-là, j'entendis des Indiens s'amuser bruyamment devant la maison de Pritchard. L'un d'eux disait: "Ah! v'là longtemps que tu nous maganes de toutes les manières, hein? Tu ne veux jamais nous donner à manger. Tiens! regarde on va te payer comme il faut." Par curiosité, j'allai voir; il avaient ouvert les habits de Quinn et lui avaient enfoncé un saule pointu. Tom Quinn avait toujours été bien dur et avait maltraité ses subordonnés et les Indiens. Ces derniers le haïssaient et c'était par vengeance qu'ils faisaient cette grossièreté sur son corps.

Chose surprenante, les Indiens ne se livrèrent pas à des outrages sur les autres corps, comme ils avaient coutume en semblable occasion. Seulement, ils avaient mis les habits de messe pour danser. Il y en avait un qui portait la robe blanche, un autre s'était fait un brayet avec l'étole de l'office des morts, en se la passant entre les jambes, une croix en arrière et une en avant. Celui-là s'était coiffé d'un haut-de-forme de castor orné d'un long et large ruban rouge, pris à quelque magasin pendant le pillage. Le ruban faisait le tour du chapeau, puis pendait jusqu'à terre. En dansant, celui qui l'avait se regardait de travers pour voir l'effet que ce ridicule affublement faisait. Un autre avait une barrette sur la tête et une montre suspendue par la chaîne à son brayet. Je n'ai point vu de chasuble.

Madame Pritchard vint m'apprendre qu'elle s'était laissé dire par une vieille Indienne, une de ses amies, que les deux femmes blanches seraient mises à vendre pour deux chevaux chacune. Je me hâtai d'aller voir Madame Gowenlock et de lui expliquer que chez les Indiens, la coutume voulait que dans une bataille, si un homme tuait un ennemi qui avait une femme, le vainqueur prenait la femme et celle-ci lui appartenait. Il pouvait en faire ce qu'il voulait, la vendre ou la garder. Je lui dis qu'à la nuit elle deviendrait la femme de l'Indien qui s'était emparé d'elle. Elle me répondit qu'elle souhaiterait que je puisse la sauver de cette impasse.

Pierre Blondin, employé de Gowenlock, avait deux belles petites juments dans un parc, en arrière du moulin que Gowenlock faisait construire. J'allai demander à Blondin s'il consentait à donner ses juments en retour de Madame Gowenlock. Je lui expliquai que je voulais acheter Madame Gowenlock, mais que je n'avais pas de chevaux, ayant dû donner le cheval que j'avais pour sauver ma vie. Blondin hésitait parce que ses juments représentaient tout ce qu'il possédait et craignait de ne rien avoir pour elles. Je tentai en vain de lui exposer que cette histoire des troubles ne pouvait point durer, que le gouvernement viendrait avec des troupes, et que ceux qui subiraient des pertes seraient indemnisés. Voyant qu'il hésitait encore, je lui dis: "Ecoute, que tu le veuilles ou non, je prends tes juments et si après ça, tu ne reçois rien pour elles, tu prendras le meilleur de mes propres chevaux, et je te donnerai 50 piastres par-dessus le marché." Il accepta mon offre.

J'allai chercher Madame Gowenlock, que je mis sous la tente de Johnny Pritchard, tandis que l'Indien qui me l'avait vendue s'en fut quérir les juments de Blondin.

Dolphis Nolin et Johnny Pritchard ont, de leur côté, donné chacun un cheval pour avoir Madame Delaney. De cette façon, les deux blanches ont été délivrées des Indiens et réunies. Madame Gowenlock m'en a gardé de la reconnaissance et ça n'a pas été la seule fois que l'ai sauvée des Indiens. Croyez-moi, sans André Nault, Dolphis Nolin et moi-même les deux pauvres femmes en auraient arraché!

Le lendemain du massacre, Gros-Ours a fait une assemblée dans le camp. Il a convoqué tous les prisonniers; nous étions une quinzaine. On nous a tous mis en rond, en plein milieu de la bande. Esprit-Errant y était aussi, tenant une carabine à la main. Gros-Ours nous dit qu'il voulait que nous fassions tous serment, que pas un seul n'essaierait de se sauver, et qu'on lui dirait si on voulait le supporter ou suivre les blancs. Pas un n'a été assez bête pour braver en disant qu'il était du côté du gouvernement. Nous étions tous en faveur de Gros-Ours, craignant de nous faire tuer si nous avions dit autrement.

En effet, il n'y en avait que six d'assermentés quand un Indien du camp a crié à Esprit-Errant: "Pourquoi ne les tires-tu pas tout de suite? Qu'attends-tu? A quoi bon les assermenter? Tue-les donc!" Esprit-Errant s'est tourné vers celui qui venait de lui crier, d'un air fâché, en chargeant sa carabine. Le garçon de Gros-Ours a levé en l'air le canon de la carabine d'Esprit-Errant. Louis Patenaude a arraché le couteau de la ceinture du garçon de Gros-Ours. Cet incident a arrêté l'assemblée pendant une secousse, mais sitôt la tranquillité a été rétablie, le reste des prisonniers ont été assermentés. L'engagement pris avec Gros-Ours était que nous resterions tous dans le camp, car si même un seul tentait de s'échapper, nous pouvions tous être massacrés. Quand tous eurent prêté serment, l'assemblée fut levée, et on a commencé notre captivité telle que jurée. Nous n'étions pas mal, surtout nous autres, les Métis.

Rien d'autre ne s'est passé jusqu'au jour de Pâques, alors que les Indiens ont incendié l'église, la maison de Pritchard, celle de la police, de l'agent Tom Quinn et je crois aussi, le magasin de la Compagnie de la Baie d'Hudson.

Maintenant, vous vous rappelerez que lorsque j'avais échappé la clenche de la porte de la maison de Pritchard et que Gouin s'était fait tuer en me passant sous le bras, Henry Quinn avait sauté entre la maison de Pritchard et celle de la police, puis de là, il avait disparu. Je le croyais mort, mais non!— il s'était d'abord abrité derrière les maisons, puis il était parvenu à s'esquiver jusqu'au Fort Pitt, qui était à 30 milles du Lac la Grenouillle. Si au lieu de se rendre au Fort Pitt directement, il avait passé par le Lac à l'Oignon, il aurait été reçu par le personnel de la réserve indienne, où il y avait le révérend Quinn, ministre, le fermier-instructeur George Mann et son interprète, Pierre Boudreau. Mais il avait peur que les Indiens du Lac à l'Oignon fassent la même chose que ceux du Lac la Grenouille, ou que les gens de Gros-Ours se lancent à sa poursuite. C'est pourquoi il avait piqué à travers la prairie et il avait viré tout droit vers Fort Pitt.

Pendant ce temps-là nous restions au Lac la Grenouille et nous attendions avec Gros-Ours. Les prisonniers étaient les serviteurs des Indiens.

CHAPITRE XV

Quelques jours après Pâques, le 13 avril, nous sommes partis pour Fort Pitt. Il n'y eut jamais, je crois, cirque plus comique que cette caravane!

Les Indiens s'étaient endimanchés de tout ce qu'ils avaient trouvé au Lac la Grenouille. On y voyait des Indiennes avec leurs nichetées de sauvageons, fièrement juchées sur de belles voitures, les hommes habillés de leur mieux selon le goût sauvage. Il y en avait en brayet, chaussés de bottes; d'autres portaient des capots de fourrure, des habits de soirée, des chapeaux de castor, des melons et un tas d'affaires. C'était archicomique, mais il ne fallait pas rire; ils se prenaient au sérieux. Les détenus marchaient, André Nault et moi conduisions des boeufs attelés à des phaétons et à des landaus!

Pendant notre marche du Lac la Grenouille, les Indiens ont lâché Dolphis Nolin avec Falcon afin qu'ils s'en aillent au Lac aux Canards. Falcon traitait au Lac Froid pour le compte de Charlie Bremner, de la Rivière Bataille. Nolin et Falcon ont eu le privilège d'être élargis parce que Gros-Ours croyait que le père de Dolphis, l'ex-ministre Charles Nolin, était pour Riel.

Le 13 avril au soir, nous avons campé au Lac à l'Oignon, à 12 milles de Fort Pitt. Le lendemain, vers midi, nous étions arrêtés sur les côtes, à un demi-mille du fort.

Gros-Ours avait envoyé une lettre au bourgeois du fort, W.J. McLean, surnommé par la suite Big Bear McLean. C'était McDonald qui avait écrit la lettre, et le vieux Dufresne qui l'avait livrée. McDonald était un fermier du Lac Froid qui s'était trouvé impliqué dans l'affaire du Lac la Grenouille, et qui était arrivé avec Fitzpatrick le soir du massacre. Le vieux Dufresne travaillait au Lac la Grenouille pour Tom Quinn, mais sa famille restait à Fort Pitt.

159

Dufresne, Fitzpatrick et McDonald avaient été pris, et s'en allaient au Fort Pitt avec nous autres et la bande de Gros-Ours. La lettre que Gros-Ours faisait porter à McLean par Dufresne sommait le bourgeois de monter les côtes et de venir au camp, puis de se présenter à lui et à son conseil. McLean a monté, tel que commandé, avec François, le fils du vieux Dufresne qui devait lui servir d'interprète. Les Indiens, assis en cercle, les attendaient. McLean s'est avancé vers Gros-Ours et lui a demandé pourquoi il voulait le voir. Gros-Ours répondit: "Je veux prendre le fort et je veux que tu me donnes tout ce qu'il y a dans le magasin. — Je ne sais pas si je peux faire ça, je ne suis qu'un employé: ce n'est pas moi qui suis le maître." En entendant la réponse de McLean, Esprit-Errant s'est avancé sur ce dernier, lui mit la main sur l'épaule en disant: "T'es mon prisonnier avec ton commis. — Et que voulez-vous faire de moi comme prisonnier? — Nous te ferons ce que nous faisons aux autres, nous te garderons et ta famille viendra te trouver ici."

Il passait midi, les chaudières à thé comme les marmites commençaient à chanter quand quelqu'un poussa des cris: "V'là la police montée qui s'en vient sur nous autres par en arrière!" Ah! cré diable! là, l'excitation était générale. Deux policiers de la gendarmerie et Henry Quinn, partis du Fort Pitt la journée d'avant à la découverte de Gros-Ours, se trouvaient à proximité du camp. En blancs qu'ils étaient, ils avaient pris un autre chemin que nous, ne nous avaient pas aperçus, et s'en revenaient. Alors les Indiens coururent leur couper chemin en ouvrant le feu sur eux. En entendant les premières détonations, Henry Quinn fourcha de l'autre côté, pensant qu'il n'y avait personne dans cette direction. A la fine course, il descendit la côte de la rivière Saskatchewan, pour se trouver juste où se tenait l'assemblée. Il revira, gagna vers l'ouest, à travers la prairie, pour disparaître parmi les îlots de bois. Cowan, un des policiers, se trouva juste en face de la fusillade. En se cabrant, son cheval le jeta par terre. Les Indiens le tuèrent et prirent tout ce qu'il avait sur sa personne. Louison, un Indien, prit le cheval, mais ce n'était pas lui qui avait tué Cowan.

L'autre, le policier Lowsby, qui avait descendu la côte dans la direction du fort, fut aperçu par Kapewi Nampewi ou l'Homme Tout Seul, qui le tira, tua son cheval, laissa Lowsby pour mort, après lui avoir enlevé ses armes et ses munitions. Les policiers du fort ouvrirent le feu sur l'Indien, mais ne purent le frapper, quand il fila sur son cheval et remonta la côte. Lowsby, qui n'était pas mort, parvint à se traîner jusqu'au fort.

Le capitaine Dickens, en charge de Fort Pitt avec environ quinze hommes, crut qu'il valait mieux livrer le fort que de risquer inutilement la vie de toute la garnison. Il fit pousser le bac à l'eau, fit sauter ses hommes dessus avec Lowsby blessé, puis se laissèrent aller à la dérive du côté de la Rivière Bataille.

William Gladu venait d'attirer mon attention sur un groupe d'Indiens qui entouraient le corps du policier Cowan. J'allai voir ce qu'ils faisaient au cas où ils tailleraient le cadavre, selon leur coutume. En effet, les Indiens avaient ouvert la poitrine de Cowan et lui avaient arraché le coeur. En nous voyant, Gladu et moi, ils éclatèrent de rire et l'un d'eux me dit : "Regarde, un Indien peut manger le coeur d'un blanc, mais un blanc ne peut pas manger le coeur d'un Indien." Devant cette coutume, je ne pus m'empêcher de répondre : "Vous avez bien raison!"

Après dîner, on entra dans le fort que les Indiens pillaient. C'était à qui se servirait le plus vite et le premier. Il y en avait qui sortaient d'un magasin avec des brassées d'effets tellement grandes qu'ils en échappaient avant qu'ils soient rendus dehors. Ils laissaient tomber leurs brasées pour retourner au plus vite en chercher une autre et pendant qu'ils se chargeaient les bras, d'autres venaient s'approprier le butin que les premiers avaient laissé.

Le révérend Quinn et sa femme, ainsi que le fermier-instructeur George Mann et sa femme, étaient arrivés au Fort Pitt. Ils venaient du Lac à l'Oignon et ils furent emprisonnés avec les autres blancs.

Ce soir-là, on campa dans le fort et pendant la nuit, il neigea abondamment. Le matin, Henry Quinn, qui avait disparu pendant l'escarmouche de la veille avec la police, revenait sur ses pas. Ayant laissé son cheval à un mille à l'ouest du fort, il s'en venait aux aguets en se faufilant à l'abri des écores. Arrivé vis-à-vis du fort, constatant que le bac n'était plus là, il se douta avec raison que la gendarmerie l'avait mis à l'eau pour s'en faire un radeau et se laisser aller en bas de la rivière. Il était à peu près à 100 verges du fort et il aurait voulu s'assurer qui était dans le fort. Prenant toutes les précautions qu'il pouvait comme blanc, pour ne pas être vu, c'est à peine s'il laissait le dessus de sa tête dépasser l'écore. Un Métis-indien et moi-même le voyions, mais nous nous taisions, quand tout à coup, Esprit-Errant l'aperçut et partit après lui. Voyant que Quinn était armé, Esprit-Errant rebroussa chemin et revint au fort.

Isidore proposa aux Indiens d'aller parler à Quinn et qu'il le ferait se rendre si on lui promettait de ne point le maganer. On le lui promit et Isidore alla le chercher. Henri Quinn fut amené devant Gros-Ours et Esprit-Errant, après que ces derniers m'eurent demandé que je leur serve d'interprète.

Gros-Ours et Esprit-Errant rappelèrent à Quinn que cela faisait deux fois qu'il rasait de se faire tuer, mais ils lui assurèrent que s'il leur promettait de ne plus aider la police, ils le garderaient avec eux et le laisseraient tranquille. A son tour, Quinn leur promit qu'il ferait ce qu'ils voulaient. Le pauvre diable avait passé la nuit sous la neige et il était rendu à bout, à cause du froid, de la faim et du manque de sommeil.

Petit-Tremble, un partisan de Gros-Ours, était venu nous trouver au Fort Pitt, mais il était arrivé de la rive opposée de la rivière Saskatchewan. Il avait traversé sur la glace qui charriait à pleines écores, en sautant d'un glaçon à l'autre, mais il avait laissé sa famille, et tout ce qu'il possédait, de l'autre côté de la rivière. André Nault et moi le connaissions bien pour l'avoir souvent rencontré à la Rivière Bataille, dans l'Ouest, et dans la région du Missouri. Il avait quatre ou cinq femmes et un gendre, un Corbeau qu'il avait ramassé quelque part dans le Montana aux alentours du bassin de la Judée. Il n'avait pas participé au massacre du Lac la Grenouille, car il n'était pas encore arrivé.

Se prévalant de l'influence qu'il exerçait auprès de Gros-Ours, Petit-Tremble obtint de faire traverser sa loge, sa famille et ses chevaux par les prisonniers. Ce fut André Nault, Henri Quinn et moi-même qui eurent la *job*. On se fit un cageu de perches sèches, que l'on attacha à la remorque d'un petit canot, et on se mit à traverser le monde et l'avoir de Petit-

162

Tremble. Ça n'allait pas vite: la Saskatchewan, dangereuse en toutes saisons, l'est particulièrement au printemps quand la glace est en mouvement, et puis les gages n'étaient pas très encourageants, comme vous le pensez bien. On prenait notre temps. Petit-Tremble aimait Nault, je ne sais pas pourquoi. Quinn n'avait ni mangé ni dormi depuis au moins soixante-douze heures. Nault demanda à Petit-Tremble de lui donner congé. Ce qu'il fit volontiers après l'avoir fait manger copieusement.

Pour tout traverser, nous fûmes obligés de faire plusieurs voyages. On ne pouvait mettre que deux personnes sur le cageu et quand Nault et moi étions dans le canot, on calait jusqu'à deux pouces du bord. A chaque coup d'aviron, on rasait de verser, et le cageu itou. Outre le courant qui était très rapide, il nous fallait éviter les morceaux de glace. On fit traverser les chevaux à la nage, à l'exception d'un petit bichon jaune pâle qu'il nous fallut faire monter sur le cageu parce que sa maigreur le rendait trop faible pour nager, et son instinct de conservation le poussait à monter dans le canot. Pour ne point chavirer, Nault dut se jeter à la nage, mais pour lors, bichon essaya de lui grimper dessus. On eut l'idée de le noyer, mais au cas où Petit-Tremble y tiendrait trop, on décida de lui donner une chance de plus!

Si on s'était écouté, il y aurait eu belle lurette que bichon avec toute la famille quadruple ou quintuple de Petit-Tremble eût servi de lunch aux brochets du fond de la Saskatchewan.

André Nault, qui avait le sens du comique autant qu'un bossu, nous fit rire comme des bouffons toute la journée. N'eût été notre engagement sous serment, nous aurions pu nous esquiver chaque fois que nous traversions la rivière, mais outre le scrupule de nous parjurer, nous avions des craintes que Gros-Ours eût pu tenir parole et massacrer tous les prisonniers comme il avait menacé de le faire. Toujours est-il qu'à la fin de la journée notre tache était terminée et Petit-Tremble, Mesdames Petit-Tremble et leurs sauvageons avaient franchi la Saskatchewan sains et sauf!

Le lendemain, ou le surlendemain, nous avons levé le camp pour retourner au Lac la Grenouille. Les détenus suivaient les

163

Indiens, et nous avons marché pendant deux jours dans la neige fondante. Nous avons campé entre deux lacs, dans une épinettière. C'est là que nous avons vécu une histoire de wendigo, prononcé winnedigo.

* * *

Vous ne savez pas ce que c'est, vous autres, un wendigo, hein? Bien, écoutez et vous verrez comme ce n'est pas drôle. D'abord, le mot wendigo veut dire: cannibale. Dans la croyance des Indiens, quand une personne est sur le point de virer wendigo, elle pousse un cri, et tous ceux qui sont dans le rayon du son sont paralysés. Pas besoin qu'ils entendent le cri, car ce n'est pas la faute du wendigo si on ne l'entend pas! Du moment que l'on est assez proche, cela suffit. Le cri du wendigo les paralyse, pour que de cette façon il puisse manger tout un camp, même si cela devait lui prendre un mois pour en avaler tous les membres!

Ce n'est pas là, cependant, ce que le phénomène a de plus sérieux. Quand une personne montre des symptômes de wendigo, il faut la tuer avant que la chose n'arrive, parce que c'est très difficile de tuer un wendigo confirmé! Il a le cœur en glace et le pouvoir de se recoller et de revenir à la vie si on lui coupe la tête ou le corps en morceaux. Le meilleur moyen de s'en débarrasser, c'est de le faire tuer par un catholique, ou encore, de mettre quelque chose de bénit dans le fusil.

Or, pendant que nous étions campés dans l'épinettière, une vieille s'est mise à délirer. Dans sa fièvre elle disait à sa fille que si on ne lui ôtait pas la vie, elle tournerait wendigo quand le soleil se coucherait. Ah! voilà tous les Indiens épouvantés. Et pour cause, pensez donc, un wendigo dans le camp! Vite, il fallait tuer la vieille au plus tôt, avant qu'elle ne fut transformée! André Nault fut choisi pour faire la *job*. Vous auriez dû lui voir la figure! Il chargea son fusil à balle en se servant comme bourre du scapulaire d'une dame, Angélique Hupé, pour donner à la balle le pouvoir de tuer le wendigo dans l'âme de la vieille!

Quand j'ai su ça, je me suis dépêché d'aller trouver Nault et de lui dire: "Wha! Wha! *boy*, fais pas ça, si tu la tues, la vieille, là, tu vas être pendu comme un crapaud! — Oui, et si je ne la tue pas, reprit-il, ils vont me tuer, moi — Aie pas peur, lui dis-je, le gouvernement va venir. — Oui, oui, mais ton sacré gouvernement ne me servira pas à grand-chose, si l'on m'a cassé la gueule quand il arrivera", dit encore Nault tout perplexe. Je repris: "Attends-moi, je vais t'arranger ça." Je suis allé dire à Gros-Ours que Nault n'était pas trop trop fin, qu'il était bien nerveux, et que c'était sûr qu'il manquerait son coup! Alors les choses seraient bien plus graves si la vieille n'était que blessée.

Gros-Ours comprit le bien-fondé de ce que je lui disais de Nault "Tapwê! tapwê! — C'est vrai! c'est vrai", me dit-il en m'assurant qu'il en prendrait d'autres. Nault déchargea son fusil, et remit le scapulaire à Angélique.

Entretemps, Gros-Ours demanda à Charles Ducharme, surnommé Charlot Bois, à Wâsâgamâp ou Yeux-Brillants et à Wawasehewin ou Celui-dont-l'habit-sonne-en-marchant de se mettre à la tâche. Yeux-Brillants était un jeune Indien qui venait du Lac La Selle. L'autre, Wawasehewin, était du Lac la Grenouille. On ordonna à Henry Quinn et à moi d'enchaîner la vieille, puis de la sortir de sa loge. Selon l'ordre reçu, nous entrâmes chez elle. Elle était assise à la façon sauvage, à plat sur le sol, les jambes croisées. Elle n'avait que les os et la peau, ne pesait pas cent livres et elle était dans le délire. Quinn et moi avions plus de six pieds de hauteur et pesions au-dessus de deux cents livres chacun. En la voyant, nous en vîmes à la conclusion qu'elle ne devait pas être assez dangereuse pour être enchaînée. Mais les Indiens, eux, n'étaient pas sûrs. Il nous fallut donc prendre toutes les précausions possibles en l'enchaînant avant de la sortir!

On nous apporta tout près de la porte de la loge un apichimou de deux perches et d'une peau. Nous prîmes chacun par un bout, la peau sur laquelle la vieille était assise et nous la plaçâmes sur l'apichimou. Pareille besogne nous répugnait, mais le souvenir du jeudi saint nous donnait le courage de la faire. Henry Quinn, François Dufresne et deux autres prisonniers transportèrent la vieille à un demi-mille. Ils la déposèrent en plein milieu du chemin, au pied d'une talle de saules qui poussaient en forme de champignon.

Charlot Bois avait un gourdin carré, effilé en moine, terminé par une bonne poignée. Il avait retroussé ses culottes jusqu'aux genoux, il s'était barbouillé les jambes et le visage avec de la suie de fond de marmite: il avait l'air d'un vrai démon! Yeux-Brillants avait une carabine, tandis que Wawasehewin avait un beau grand sable que la police avait laissé dans le fort.

La vieille, toujours assise à plat, les jambes croisées sur son apichimou, n'avait aucune connaissance de ce qui se passait autour d'elle. Dans son délire elle menaçait de tourner en wendigo. Charlot Bois s'approcha d'elle, avec prudence, lui mit son châle sur la figure, puis se plaça de façon à se ménager une issue, et pan! Frappée en pleine tempe, la vieille tomba sur le côté, raide et tremblante de tous ses membres. Yeux-Brillants lui tira trois coups de carabine à travers le corps. Wawasehewin la décoiffa de son châle et lui trancha la tête d'un vigoureux coup de sabre. Puis, la saisissant par les couettes, la lança par-dessus la talle de saules. Mais les couettes s'accrochèrent aux branches et la tête resta suspendue et le visage hideux se balançait à trois ou quatre pieds du sol, jetant la frayeur chez les Indiens qui s'enfuirent à toutes jambes sans même risquer un coup d'oeil en arrière!

La vieille était bien morte, décapitée, mais ce n'était là que la moitié de cette lugubre besogne, car il ne fallait pour rien au monde donner à la tête une chance d'aller se recoller au tronc. La vieille morte aurait pu ressusciter, et le danger resurgir de plus belle. L'on fit un tas de branches sèches tout autour du corps et par dessus. On plaça la tête sur la pile, on la couvrit d'un second tas de branches sèches, puis on alluma le tout. Ce fut le meurtre le plus affreux dont j'aie jamais entendu parler.

Après la rébellion, les volontaires ont trouvé les os des victimes du Lac la Grenouille et du Fort Pitt, et en cherchant le long du lac, ils sont tombés sur les restes de la vieille. Le gouvernement fit enquête et les principaux dans cette affaire ont comparu devant le juge Rouleau à la Rivière Bataille. Charlot Bois fut condamné à vingt ans de prison à Stony Mountain. Il est mort au bout de cinq ans. Yeux-Brillants a fait ses dix ans moins son temps de bonne conduite, après quoi il est retourné chez lui. Je l'ai revu plus tard au Lac La Selle. Wawasehewin eut comme Yeux-Brillants dix ans à Stony Mountain. Vu son passé sans reproche, il n'a fait que cinq ans. Lui aussi je l'ai revu depuis. Il était jeune; il doit être encore vivant.

De l'épinettière où s'est joué le drame lugubre que je viens de vous raconter, nous avons gagné du côté de Fort Pitt dans le dessein d'aller nous joindre aux gens de Batoche. Nous avons campé à deux milles en aval de l'entrée de la petite rivière Calumet, où nous sommes restés une couple de semaines avant de nous diriger vers la Butte des Français, le 20 mais 1885.

A ce dernier endroit les Indiens organisèrent une grande danse de médecine. Plusieurs partirent à cheval, chercher un arbre qu'ils plantèrent. Ils l'entourèrent de perches plantées de distance en distance, reliées par un rang posé horizontalement, à une certaine hauteur de terre. Ils fermèrent l'enclos au moyen de branches avec toutes leurs feuilles. Ceux qui avaient des pénitences à faire vinrent se repentir; ceux qui avaient fait des promesses à leur manitou vinrent les remplir dans cet enclos.

Parmi ceux qui se sacrifiaient certains se pratiquaient des gances à même et dans la peau vive, pour y passer des boutons en forme de barillets de bois, attachés à l'arbre du centre par des ficelles qu'ils tiraient jusqu'à ce que la peau cassât. D'autres se blessaient à l'aide d'un fer rouge les muscles des jambes, des cuisses, des bras et de la poitrine. L'un d'eux se tenait dans l'arbre pendant que les autres dansaient incessamment, sans arrêt et sans nourriture.

Cette danse-là doit continuer sans relâche pendant trois jours et trois nuits. Elle ne durait que depuis vingt-quatre heures quand deux Indiens arrivés du Fort Pitt nous ont appris qu'ils avaient aperçu de loin un gros camp de soldats et de roughriders, venaient de notre bord, apparemment du côté d'Edmonton. Dans la soirée, une dizaine de découvreurs furent envoyés en reconnaissance.

C'était le colonel Steele, qui était à la recherche de notre camp. Après l'échange de coups de feu, pendant lequel un des hommes de Gros-Ours se fit tuer, notre patrouille revint. Le lendemain nous fûmes attaqués. La danse de médecine

GROS-OURS

Bérard

s'était interrompue, pour cesser tout à fait, ce qui était selon le calcul des figurants, de très, très mauvaise augure. Nous quittâmes la Butte des Français, et nous allâmes camper à un mille et demi plus au nord, à la petite rivière La Biche.

Le surlendemain, les soldats nous ont attaqués de nouveau. Les familles et les prisonniers ont quitté leur bas-fond et se sont retirés parmi les îlots de bois d'un muskeg, à deux milles du combat qui a duré toute la journée. C'est alors que nous nous sommes trouvés séparés. Nault, Blondin, Pritchard, Louis Patenaude, Benjamin Patenaude, Cameron, Madame Delaney, Madame Gowenlock et le ministre Quinn sont partis avec leurs voitures, alors qu'on s'est dirigé du côté du lac Pélican avec le reste des détenus.

Ce fut pendant cette bataille-là que Mahkatêwis ou le Petit Ventru vint me dire : "Eh! écoute, toi, je te connais comme bon tireur, et pourtant, je te guette depuis plusieurs heures et je ne t'ai pas vu tuer personne; vois-tu l'officier, là-bas, là? Bien, culbute-le ou je te tue droit icitte." Je le culbutai. "Bon, à partir de maintenant, tire pour tuer, ou bien!. . ." Jusque là, je n'avais tiré que pour sauver les apparences. Je trouvais ça de valeur, tuer du monde, mais ensuite, je dus le faire pour me permettre de vivre. Heureusement que ce n'était rien que. . . des Anglais!

Le lendemain de la bataille, on est allé au lac Huard, à 70 milles plus à l'ouest. Avant de partir, on a ramassé seize carabines qui avaient appartenu aux soldats. On constatait que les vivres baissaient. Ça n'allait plus comme du temps où nous étions au Lac la Grenouille et au Fort Pitt, vivant dans l'abondance des fruits du pillage, et à même les troupeaux de bestiaux. Les vivres diminuaient visiblement et les Indiens se décourageaient de plus en plus. On forçait les prisonniers à prendre les armes et leur tir était surveillé de près.

Nous marchions vers l'est depuis trois jours quand nous sommes arrivés au lac Huard. Il y avait là, une petite réserve dont les membres s'étaient tenus à l'écart des troubles. Le lac Huard consiste en deux lacs reliés par une petite rivière que nous avions traversée pour pénétrer dans la réserve où nous voulions camper. Une partie de notre bande n'avait pas traversé, mais avait campé le long de la rivière. Les maisons de la réserve étaient toutes vides, ce qui nous promettait un campement confortable. Le matin vers six heures, les roughriders, qui nous poursuivaient sans répit, ont attaqué ceux qui étaient restés de l'autre bord. Les Indiens ont eu quatre morts et deux blessés, dont Sawkaskwê, le chef du Lac à l'Oighon et un frère de Petit-Tremble. Nous qui avions traversé la veille, avons foncé au secours de ceux qui étaient attaqués, mais les roughriders se sont retirés. Nos gens ont à leur tour franchi la rivière, et les roughriders s'en sont allés à la Butte des Français. Nous sommes restés à ce campement pendant toute une semaine sans autre inquiétude. Nous avons profité de cette accalmie pour faire des plans pour l'immédiat.

Chaque jour le commencement de la fin se faisait sentir de plus en plus. Les Indiens avaient l'air en peine et les désertions se faisaient plus nombreuses. Un bon soir, je dis à Saint-Luc et à Etienne Moran: "Comme ça va là, mes vieux, on va tous crever de faim: tiens, tiens, pour ma part, que le diable avale mon serment à Gros-Ours, je sacre mon camp à soir et s'il est capable de me poigner, qu'il me rejoigne." Ils m'ont répondu: "Oui? ben, si tu t'en vas, on part avec toi, tous les deux." Je repris: "Vous deux? — Oui — Vous deux, chacun comme un seul homme? — Ah! oui. — Ça y est, mes vieux, sacrons le camp à cette heure, tout de suite et plus vite si on le peut." A la nuit tombée on est parti tous les trois.

CHAPITRE XVI

On a pris un canot, on s'est mis à l'eau jusque sous le bras, pour pousser le canot sans faire de bruit, et on a longé la grève du lac jusqu'à la rivière qu'on a traversée pour continuer ensuite jusqu'au bout du lac, où on savait qu'il y avait une maison de la Baie d'Hudson qui était déserte. De là, on a pris un chemin tortueux dans le bois qui menait au lac la Tortue.

Il faisait noir et c'était plein d'obstacles, ça marchait mal mais on allait bien quand même. Je battais la marche. A la maison de la Baie d'Hudson, j'avais laissé la carabine de soldat que les Indiens m'avaient fournie en échange d'un bon fusil à deux coups, à capsules, avec des munitons en masse, pour tirer des canards en chemin. En plus, j'avais apporté tout un sac de farine, Saint-Luc avait une poêle sans manche, une petite chaudière de cuivre pour faire du thé et trois petits gobelets de fer-blanc; Moran s'était précautionné de thé, d'un beau grand couteau, de fourchettes, de couteaux de table et de la moitié d'un cochon fumé.

Sur le rhumb de vent que nous suivions, il y avait des maisons de temps en temps, mais elles étaient toutes vides; évidemment la crainte de la rébellion avait chassé la population devant elle. A la barre du jour nous sommes entrés dans une de ces maisons pour nous abriter des maringouins plus que d'autre chose. Heureusement que dans une remise en arrière de la maison de la Baie d'Hudson où nous étions entrés en sortant du lac Huard, j'avais trouvé un tas de sacs de grosse toile brune et claire, dont on s'est servi en voyage comme moustiquaire. Cette nuit-là, sans cette précaution nous aurions été décoré d'un bout à l'autre, comme disait Saint-Luc. C'était chaud mais ça tenait les maringouins à l'écart et, s'il y en avait. . ., des nuées et des nuées, opaques encore! Une chance qu'ils ne mangeaient pas la toile!

Le matin, j'ai reconnu le pays. Nous avions campé à mi-chemin du lac la Tortue. J'ai décidé de nous y rendre le lendemain. Nous marchions difficilement, il fallait nous tenir dans le bois autant que possible. Nous étions des déserteurs pour les gens de Gros-Ours, qui pouvait être à notre poursuite, et nous ne savions pas ce qui nous attendait de la part des troupes et de la police, pour avoir fait le coup de feu contre le Canada. Nous étions donc en conflit sinon en guerre avec tout le monde et quiconque était aperçu pouvait être un ennemi. Moi, j'avais mon sac de fleur sur le dos, Moran son gros morceau de bacon, Saint-Luc faisait un vacarme de ferraille avec sa chaudière de cuivre, sa poêle, ses gobelets de fer-blanc, ses couteaux et ses fourchettes. Par-dessus le marché, il était patté comme une poule d'eau, c'est-à-dire que son pied droit biaisait considérablement vers la droite, tandis que son pied gauche pointait vers la gauche, ce qui le faisait s'accrocher les pieds à tout bout de champ. Le résultat était qu'il était à quatre pattes la moitié du temps, et moins il voulait faire de train, plus il en menait. Il nous semblait que nous l'entendions venir d'un mille: gligne-glagne! gligne-gligne!

Un bon coup, j'aperçus des traces de chevaux ferrés qui m'indiquèrent que la police montée, sinon des troupes, étaient venues jusque là l'avant veille. Sans doute pour empêcher les Indiens de gagner vers la frontière. Ce soir-là nous allâmes campés à 6 milles d'une réserve qui était près du grand chemin de la Rivière Bataille, village situé à 60 milles.

Le lendemain, au lever du jour, Saint-Luc s'est assis en geignant comme un sauvageon qui a mal au ventre pour avoir trop mangé d'étrangles; il avait le visage comme la moitié d'une citrouille d'Halloween, à cause d'un mal de dent qui l'avait empêché de dormir toute la nuit. Sa moustiquaire de grosse toile claire enlevée, il voulait sortir pour humer un peu de fraîcheur matinale dans l'espoir d'un soulagement. Il pleuvait à boire debout, l'air était bourré de maringouins.

Sans dire mot je m'étais précautionné d'un demi-flacon de rhum de la Baie d'Hudson à la santé de Gros-Ours, le soir de notre départ du camp. J'en passai tout un plein gobelet à Saint-Luc, et j'allai le coucher sous la ramure d'un énorme cyprès en lui disant: "Tiens, tout à l'heure tu ne sentiras pas la piqûre des

172

maringouins parce que tu seras trop en brosse et plus tard tu ne la sentiras pas non plus, parce que les maringouins seront trop souls pour te piquer." Il ronflait déjà.

Il était grand jour quand la pluie s'est arrêtée. Saint-Luc était étendu sur le dos, les bras en croix, la bouche grande ouverte, avalant à plein gosier les gouttelettes qui tombaient des rameaux! Je le secouai vigoureusement; pas d'avance, il dormait comme une bûche. Je le quittai pour aller revoir le grand chemin à quelques pas de là, celui qui menait à la Rivière Bataille. Soudain, à ma droite, peut-être à moins de cent pas de moi, deux coups de fusil à cartouche partirent presque simultanément, deux chevreuils apparurent à un tournant du chemin, mais en m'apercevant, ils plongèrent dans les feuilles, en allant du côté de Saint-Luc qui se mit à crier: "Aïe! détache-moi! détache-moi!" Je l'avais entortillé dans sa grande moustiquaire que j'avais attachée! Ah! je fonçai sur lui: "Hé, ferme ta gueule, mon maudit, y a du monde qui vient!" J'avais à peine dit cela que deux coups du même fusil retentirent, mais dans une autre direction, indiquant que les chevreuils, après avoir décrit un demi-cercle, repassaient à portée des voyageurs, Saint-Luc, à moitié mort de frayeur, avait échappé tous ses besoins, et oublié son mal de dent que la surprise avait enlevé complètement. Tandis qu'il se lavait avec des feuilles et de la mousse trempées de rosée, je m'approchais à pas de chat du chemin.

Une voiture montée par deux hommes en civil, suivie de très près par un autre homme à cheval et en uniforme, me passèrent sous le nez, à cinq pas à peine; je n'avais pas été vu. Je ne pus les reconnaître, mais ils devaient se douter de notre présence pas loin, car ils marchaient en silence et cherchaient à voir dans les feuilles, pendant que leurs chevaux nous voyaient.

Quand les voyageurs furent passés, j'allai chercher Saint-Luc qui ramassa ses paquets, excepté celui qu'il avait échappé! Il s'était lavé soigneusement, frictionné de rhum pour se désinfecter, en cas de besoin de dépister le flair d'hommes ou de bêtes. Moran nous attendait avec un bon déjeuner au bacon, à la galette et au thé. Saint-Luc reprit sa sonnerie de ferraille qui nous trahissait de loin, pensions-nous.

N'importe, le chemin était traversé, puis la rivière la Tortue aussi, que nous suivions en longeant les écores, lorsque tout d'un coup nous avons vu venir du monde! Saint-Luc s'accroche un pied, part à trébucher, tombe à quatre pattes et dégringole dans la rivière en annonçant la nouvelle, comme au son d'une douzaine de cloches à vache, et se met à pleurer. Pour l'encourager je lui dis: "Wah! Wah! *boy*, une chance que t'as déjà eu un accident parce que t'en aurais eu un là." Je l'ai ramené sur la côte et sur ses pieds.

Notre fuite du camp de Gros-Ours me rappelait mes galvaudages avec Allan de chaque côté du Missouri. Mais il était un autre souvenir qui me suivait, comme les détails d'un songe mal définis. Dans mes courses parmi les tribus de l'Alberta, du Montana et d'ailleurs, je m'étais associé avec différents jongleurs indiens, dans l'idée de m'adonner moi-même un jour à cet art de la médecine indienne. J'en avais appris les rudiments, et chaque soir je m'efforçais de me mettre en rapport avec les ombres de la nuit pour savoir ce que le lendemain m'apporterait. Je parvenais à voir une bonne partie du chemin que je devais parcourir, et à pressentir les dangers qui nous guettaient.

Grâce à cela, plus qu'à ma connaissance du pays, je pouvais repérer notre position chaque fois que je risquais un coup d'oeil en dehors de la futaie, qui voilait presque tout le parcours de notre route. C'est ainsi que je m'étais reconnu comme étant proche du chemin de la Rivière Bataille, ce qui nous avait permis d'être sur la route à quelques pas plus loin.

Mais, à moins d'un demi-mille, nous avons aperçu un gros camp de troupes, juste à temps pour nous ôter du rayon visuel des patrouilles et des sentinelles. Si ce n'eût pas été des blancs, ça y était! Mais non! A force de louvoyer sous le couvert de la nuit, la seconde journée, malgré les chiens de garde et les sentinelles, nous nous sommes rendus en face de la Rivière Bataille, nous avons traversé la rivière Saskatchewan et nous sommes allés dans le village où nous avons constaté que nous ne savions à peu près rien de ce qui s'était passé. C'était assez pour confirmer la supposition que nous étions mêlés à une rébellion, résultat inévitable de dix à quinze années de persécutions dirigées contre les Indiens et les Métis, par des blancs de toute provenance et de toute religion.

CHAPITRE XVII

A la Rivière Bataille les nouvelles nous arrivaient d'un peu partout. Les premiers à nous rapporter les événements furent les gens qui revenaient de leur fuite devant Poundmaker.

J'étais à m'acheter du butin au magasin de Makoff et Cleanskin, où sur ma parole, je pouvais obtenir n'importe quel emploi, ou un crédit pour n'importe quel montant, quand Bob Wells, un sergent de la police montée, vint me dire de le suivre aux casernes où l'on voulait m'avoir immédiatement. Bob Wells avait la réputation d'un champion de la boxe, et j'avais entendu dire plus d'une fois qu'il cherchait une occasion pour m'essayer. Je lui dis que quiconque me cherchait n'avait jamais eu de difficulté à me trouver, et que j'étais à son service pour n'importe quoi. Lui montrant le triste état de mes habits, j'ajoutai que je ne voulais pas me présenter devant qui que ce soit avant de m'habiller à neuf. Vu que ma taille était au-dessus de la moyenne, je le prévins que ça pourrait prendre un peu plus de temps. Il me connaissait comme étant méticuleux, il consentit à m'attendre, mais il était évident qu'il tenait à me garder à vue. Nous fûmes très polis, tout en nous servant de termes qui ne laissaient aucun doute sur nos sentiments réciproques.

Wells avait déjà causé avec mes compagnons, Saint-Luc et Moran. Nous fûmes tous trois conduits devant le capitaine Morris. Au cours de l'interrogatoire serré du capitaine je lui demandai de comparaître devant le juge Rouleau. Je crus voir que le capitaine Morris ne demandait pas mieux. Il nous fit conduire devant le juge par le sergent Chassé. On nous interrogea séparément les uns des autres, après quoi on reçut chacun un billet d'admission aux casernes où Saint-Luc et Moran se rendirent sur-le-champ, tandis que moi, je m'amusai dans le village, cherchant à en apprendre plus long sur ce qui s'était passé depuis que j'avais quitté la Montée.

175

Pour ménager le peu d'argent de poche que j'avais sur moi, je décidai d'aller souper aux casernes. Je commençais à me réjouir de la tournure des choses quand, en arrivant aux casernes, un sergent-major qui m'était étranger, me mit en état d'arrestation, m'accusant d'avoir fait le coup de feu dans les rangs des Indiens à la Butte des Français. Le lendemain, je comparaissais devant les capitaines Dickens et Morris. Mes principaux témoins furent Madame Gowenlock et Madame Delaney. Je répondis au mandat d'arrestation en admettant que j'avais pris les armes, mais en ajoutant que j'y avais été forcé. Les témoignages de Moran et Saint-Luc n'avaient pas été concluants, tandis que ceux de Madame Delaney et de Madame Gowenlock me disculpèrent. Les capitaines Dickens et Morris me dirent alors qu'ils étaient convaincus de mon innocence, mais qu'ils n'avaient pas le pouvoir de m'acquitter, vu l'extrême gravité des événements auxquels j'avais été mêlé. Ils me renvoyaient à une cour supérieure: je fus incarcéré.

Tous les jours des prisonniers de la police montée et des troupes venaient s'ajouter à ceux qui étaient déjà là, quand nous étions arrivés. Il n'y eut bientôt plus assez de place à la prison, l'on nous mit alors dans une grande étable de 140 pieds de long, qui avait servi d'écurie de louage. Il y en avait déjà plus d'une soixantaine, mais nous avons vite dépassé la centaine.

Nous avons été gardés là-dedans trois semaines durant. L'étable était de planches avec toit neuf en bardeaux qui coulait comme un panier. Elle était pontée de perches nues de leur écorce, et sans couverture, pas même de foin ni de paille. Ce plancher, sans matelas ni oreillers ni couvertures, nous servait de lit. Nous étions donc à l'enclos tout comme de vils animaux. En dehors de l'étable, il y avait une pile de bacon que le soleil et la pluie gâtaient à qui mieux mieux. L'on y prenait des quartiers tout ronds, que l'on jetait dans une marmite à bouillir avant de les verser sur deux madriers qui se trouvaient de chaque côté dans une allée, en arrière des compartiments. Ceux qui avaient des couteaux se taillaient des morceaux à même les quartiers; ceux qui n'en avaient point s'arrangeaient comme ils le pouvaient avec la fourchette de grand-papa Adam!

176

Pas d'assiette ni de tasse. Pour boire le thé que l'on nous servait, il nous fallait ramasser des vieilles boîtes de conserve vides que le hasard avait oubliées autour de l'étable avant notre arrivée. Comme pain, nous avions de gros biscuits durs de matelot. Il y en avait deux grands barils dehors, près de la pile de bacon, et le contenu moisissait de son mieux sous la pluie. Le thé était bon, mais faible, si vous ne mettiez rien dedans; si vous y mettiez du sel, ça faisait du bouillon clair! Le bacon et les biscuits aurait pu gagner en saveur, mais on en avait tant et plus que nous en désirions. Beaucoup de chiens n'auraient pas pu en dire autant!

Quand je fus mis dans l'étable, je fus content de me trouver au milieu d'un groupe de Métis que je connaissais très bien depuis longtemps et dont quelques-uns avaient partagé la gloire et la misère de ma récente carrière militaire: André Nault, Etienne Moran, Charles Bremner, James Bremner, Henri Sayer, Baptiste Sayer, François Chalifoux, William Whiteford, Napoléon Whiteford; les autres étaient des Indiens, au nombre de soixante-quinze à quatre-vingts.

Après avoir séjourné trois semaines dans l'étable, nous avons tous été enchaînés deux par deux et embarqués dans des wagons de ferme. On nous emmenait dans la direction de Swift Current, à 200 milles au sud de la Rivière Bataille.

La nuit, nous couchions sur l'herbe, en chevaux de pompier, sans rien enlever, sans lit ni couverture. Dès les premières nuits nous dormions à la belle étoile, à la vraie mode de la prairie, comme nous avions été élevés. Quel heureux changement! Mais nous traînions encore avec nous d'innombrables puces, héritage de notre séjour dans l'étable où, au moins, nous avions laissé près de la moitié des légions de poux qui nous dévoraient. On ne les mangeait pas, comme aimaient faire nos compagnons d'emprisonnement, les Indiens. Nos nuits en pleine campagne nous apportaient l'air pur et la brise reposante qui nous faisait oublier les insomnies dues aux odeurs suffocantes de vieux fumier de cheval. A la belle étoile nous chassions les maringouins en allumant des boucanes en haut du vent, chose que nous ne pouvions faire dans l'écurie où il n'y avait rien à faire que de se laisser manger, tout en écoutant leurs notes joyeuses et incessantes.

177

Nos nuits à coucher sur l'herbe n'étaient point aussi mono-tones que celles de l'étable, où en plus du bruit des moustiques il nous fallait écouter les intonations des ronfleurs béats et les réflexions inconscientes des rêveurs inquiets du sort qui les attendait au tribunal de la justice britannique!

Une nuit que nous étions étendus sur la pente douce d'un petit lac, un cri aigu se fit entendre, de quoi réveiller tous les échos des plaines de l'Ouest. Ceci fut immédiatement suivi d'une dizaine de cris de frayeur comme ceux d'un enfant: André Nault s'était éveillé dans la sensation glacée de vingt lézards qui avaient flairé la tiédeur de ses sous-vêtements de grosse étoffe de la Baie d'Hudson! Il avait sursauté de peur, craignant que ce fussent des couleuvres, car il y en avait une vraie peste dans ce coin du pays.

Pour ration, nous avions chacun une demi-boîte de boeuf en conserve par vingt-quatre heures, des biscuits de matelot et du thé clair. L'on nous séparait une boîte en deux, par couple, avec une hache. L'on plaçait la boîte sur la terre, tout simple-ment, et l'on fessait à tour de bras; si la hache ne passait pas tout droit à travers la boîte, c'était à demi-mal, mais le plus souvent, la hache pénétrait dans la terre; elle se salissait et sa-lissait la viande, et le contenu de la boîte suivante, car l'on ne prenait pas la peine de l'essuyer. Ce régime ne plaisait pas aux Métis mais les Indiens s'y étaient habitués, car il y avait déjà longtemps que leurs agents les traitaient de la sorte.

Avant de monter dans les wagons de ferme, on nous avait fouillés et on avait enlevé tout les objets que nous avions sur nous. J'avais remarqué que l'on ne nous fouillait pas à la tête. Alors quand vint mon tour, j'avais mis mon rasoir dans mon chapeau, pour le remettre en poche après l'examen. L'on m'avait enchaîné avec le plus jeunes des Sayer, Baptiste, mais ensuite, craignant de nous voir fuir, l'on me mit avec le plus vieux des Sayer, Henri. C'était une précaution bien inutile car je n'avais aucune idée de m'évader, loin de là, j'avais trop hâte de passer en procès pour être acquitté.

Chaque fois que nous nous arrêtions le long du chemin, il y en avait de préposés à la tâche de faire le feu, d'aller chercher de l'eau, et tout. Un coup, on s'arrêta tout près de l'eau et l'on nous fit laver. Je pris mon rasoir et je me rasai. Un officier me vit et alla faire rapport. L'on voulut savoir où je l'avais pris. Quand l'on constata que je l'avais depuis notre départ de l'étable, l'officier qui m'avait dénoncé fut étonné mais l'aurait été davantage si je lui avais fait voir comment j'enlevais mes menottes chaque soir avant de m'endormir, pour mettre mon compagnon de chaîne plus à son aise, et comment j'étais parvenu à me procurer un pistolet, d'un de nos gardes, avec cinquante rondes de cartouches. Enfin, on me laissa mon rasoir, et quant au pistolet et aux cartouches, personne n'en soupçonna rien.

Notre caravane se composait de prisonniers, d'hommes de la police montée pour nous garder, et de soldats qui revenaient de leur récente campagne du Nord-Ouest, avec tout leur fourniment, armes et canons. Ça faisait beaucoup de monde. Nous avons pris six jours de la Rivière Bataille à Swift Current, où l'on nous a fait un train spécial pour Régina, sous les ordres du capitaine Arcromber, de la police montée. Le soir, nous devions prendre le souper dans la gare de Moose Jaw, mais l'on eut peur que nous soyons attaqués par la population, et nous avons mangé dans le train.

A Régina, au lieu de nous amener jusqu'à la gare, on nous a fait descendre vis-à-vis les casernes, à deux milles avant d'arriver. Il faisait noir comme dans l'oeil d'un Indien, et nous avions un quart de mille pour nous rendre aux casernes. Sur notre passage, l'on avait planté des perches de distance en distance au bout desquelles étaient attachés des fanaux qui nous éclairaient. Chaque prisonnier était escorté par un policier de la gendarmerie, sans doute à seule fin d'impressionner les curieux, car aucun n'avait idée de s'esquiver. Nous étions enchaînés deux par deux, ce qui fait que nous marchions entre deux rangs de policiers.

A notre descente du train, il y avait une fanfare, pour saluer les soldats revenus triomphants de leur campagne du Nord-Ouest, qui se mit à jouer tandis qu'une foule de curieux mêlait ses hourras de joie aux sons éclatants des cuivres. Naturellement, c'était pour célébrer la victoire des glorieux vainqueurs de la rébellion, où l'héroïsme anglo-saxon s'était affirmé de façon si évidente qu'une armée d'Anglais munis de carabines et de canons, modèle 19e siècle, put triompher d'un Métis armé d'un fusil de chasse au buffalo!

Pour faire pendant à cette ridicule frénésie, j'essayai de faire mon fin en disant: "Voyez comme on est ben reçu, l'on joue de la bande, et l'on éclaire notre passage." Henri Sayer, mon compagnons de chaînes, me regarde avec une figure de quatre pieds de long et me dit d'une voix caverneuse: "Maudit fou!"

Aux casernes, la police nous a fait entrer dans un enclos de planches de quatorze pieds de haut, en arrière de la prison. Les planches étaient collées verticalement l'une sur l'autre, formant une enceinte de cent-cinquante pieds par cent-cinquante. Il devait être minuit quand nous sommes entrés là-dedans. Il n'y avait que l'herbe de la prairie, alors j'ai dit à Sayer: "Si c'est ça notre lit de plumes, il ne sera pas trop épais, pourvu que le beau temps continue comme durant notre voyage."

L'on nous a apporté des ballots entiers de grosses couvertures de laine, et cette nuit-là, nous avons été couchés comme des messieurs. Le lendemain, l'on nous a monté des tentes.

Nous nous trouvions avec tous ceux qui avaient pris part à la rébellion d'une manière ou d'une autre: Riel et son conseil, les gens du Lac aux Canards, de l'Anse aux Poissons, de Batoche, ainsi que les Indiens qui s'étaient soulevés, et ceux qui avaient été attaqués: Poundmaker et sa bande. La prison regorgeait. Nous sommes restés sous la tente, dans l'enclos, toute une semaine, après quoi on nous a mis dans une grande bâtisse que l'on a bientôt divisée en cellules.

Les procès ont commencé avec Riel et les membres de son conseil. A mesure que les détenus passaient en justice, ça nous donnait de la place car nous étions d'abord pas mal tassés.

Un bon coup, le caporal Pickett est venu dans la prison pour me dire de me rendre à l'*Orderly Room*. Il y avait là M. Jim Simpson, qui venait servir de témoin; l'avocat de la poursuite, Scott; un nommé Stewart, qui commandait toute la police montée du Canada; le capitaine Dickens, qui était en charge des casernes, et d'autres, des étrangers que je ne connaissais pas.

Je vais vous faire une description fidèle de toute l'histoire du procès de Régina en 1885, en ce qui concerne les témoins à charge. Scott m'a demandé : "Ton nom est Louis Goulet?" Je dis : "Oui" — Bon, bien, tu sais que nous avons trois accusations très sérieuses contre toi, et des témoins pour les prouver, mais si tu veux faire ce que nous te dirons, nous te donnerons ta liberté." Sur ce, je lui ai demandé ce que l'on voulait de moi. Scott m'a dit : "Connais-tu André Nault et Abraham Montour? — Oui, j'ai été élevé avec Nault. Montour est prisonnier avec nous autres. — Tu sais que Nault et Montour étaient en assemblée avec Gros-Ours pendant la soirée, la veille du massacre?" J'ai répondu que je ne pensais pas qu'ils étaient là. Scott de répliquer : "Vous savez tous qu'ils y étaient. Si tu jures qu'ils y étaient, nous allons enlever les charges contre toi et tu auras ta liberté. — Ça, c'est un truc de la police montée qui me connaît, mais je ne suis pas votre homme. Je n'ai pas peur des accusations que vous pouvez amener contre moi. Je peux passer devant n'importe quel juge. Tout ce que j'ai fait, c'était ce qu'il y avait à faire."

Sur ce, Scott se fâcha, se leva tout d'une pièce en disant avec colère : "Ce n'est pas ce que nous voulons. Nous voulons que tu jures que Nault et Montour étaient en assemblée avec Gros-Ours, la veille du massacre au Lac la Grenouille." Sur le même ton, je répondis : "C'est impossible pour moi de faire un faux serment, surtout un faux serment comme celui-là. Montour était à 40 milles du Lac la Grenouille, avec sa famille au Lac Froid, où il traitait avec les Chippewayens. Il pourrait produire cent témoins à cet effet. Nault, lui, était avec moi. Demandez à Gros-Ours si nous étions en assemblée ce soir-là. Nault fut avec moi toute la nuit."

Scott, toujours fâché, me dit : "C'est bon, puisque tu ne veux pas dire la vérité, il va te falloir attendre ton procès." Piqué moi-même, je perdis presque la tête et je lui rétorquai : "Je m'en sacre ben, je me sacre de n'importe qui sur cette question-là, je me sacre de n'importe qui, à partir de la reine en descendant." Charles Nolin me dit avec l'accent métis : "Wah! Wah! *boy*, té devras pas parler dé mame!" Je le reconnus, mais c'était dit! Je repris aussitôt: "Vous pouvez me faire ce qu'il vous plaira, mais ni vous ni la police ne pouvez me contraindre à faire un faux serment et à me faire peur." Scott me dit enfin: "Qu'est-ce que tu faisais-là, toi, le matin du massacre?" J'ai ouvert la bouche pour lui dire: "Moi? J'étais témoin quand je me suis fait tuer." Mais je me dis: "Non, il ne faut pas que je me montre aussi bête que lui." Je répondis: "Heu! demande à Simpson, à Madame Delaney, à Madame Gowenlock, à tous ceux qui étaient là, ils vont te répondre, si t'avais été là, toi, Scott, t'aurais vu ce que nous faisions." Il me congédia. L'on me remit mon boulet à la jambe, et je retournai dans ma cellule en prison, où je racontai tout, mot pour mot, à Montour et à Nault.

Nolin m'a dit ce jour-là que l'avocat Scott avait éclaté de rire, et qu'il avait dit quand je fus sorti: *"You can't shake this fellow off."*

Vers le dix ou le quinze août, un sergent appela Henri Sayer, Baptiste Sayer, Charles Bremner, James Bremner, Frank Chalifoux, Couverte Jaune, frère de Poundmaker, et moi-même. L'on nous amena à la cour. Une couple de semaines plus tôt, Charles Bremner avait écrit à Sandy Murray de Winnipeg, lui demandant de lui envoyer le meilleur avocat qu'il connaissait. Frank Hagel avait ressoud à Régina. On nous convoqua dans un bureau. Il y avait un autre avocat, un nommé Johnstone, qui s'occupait de notre cas. Nous avions consenti d'employer Hagel. Il nous demandait 3,000 piastres et Charles Bremner et Henri Sayer se rendaient responsables pour nous six. Hagel avait dit à Johnstone de tout préparer, et quand viendrait le temps, de le faire venir.

Deux semaines après notre entrevue avec Hagel, vers le 10 ou le 15 août, nous avons été appelés à la cour. La journée précédente, Clark, de Winnipeg, était venu défendre Thomas Scott, de Prince-Albert. Mon père l'avait appuyé dans une élection au Manitoba en 1873. Il avait demandé à me voir afin de m'aider. Il m'avait promis d'arranger ça quand la cour ouvrirait le lendemain. Il paraît qu'il avait donné une semonce à la cour, ce matin-là.

Clark m'avait conseillé de passer en procès devant un juge plutôt que devant un jury. Le lendemain en entrant dans la cour, Johnstone me dit de demander de passer devant un jury. J'étais embarrassé, quand Charles Nolin me dit en saulteux: "Ne l'écoute pas, lui, il se cherche du travail. Tout est arrangé, on va vous lâcher; demande de passer devant un juge." Clark, qui n'était pas loin, me souffla en français: "Oui, dis devant le juge." Je suivis son conseil, tous les six ont dit la même chose.

Nous furent tous élargis sous un cautionnement de 400 piastres chacun, mais pas un seul ne subit de procès. Quand je vins pour sortir de prison, je fus sommé de rester comme témoin pour André Nault et Abraham Montour. Eux non plus n'eurent pas de procès: l'on n'avait rien contre eux. Ils furent relâchés vers le 31 octobre 1885.

Dans son plaidoyer en ma faveur Clark avait évoqué mes comparutions précédentes devant le juge Rouleau, devant les capitaines Dickens et Morris, mais ce qui était, en dernier ressort, le plus embarrassant c'était que mon nom figurait dans le procès-verbal de la première assemblée secrète tenue à Batoche, dans la maison d'Abraham Montour.

* * *

Un an plus tard, en octobre 1886, Dolphis Nolin, André Nault et moi-même, nous nous rencontrions à la Rivière Bataille et nous prenions le filet en échangeant nos souvenirs des jours mouvementés de l'insurrection, buvant à la santé de nos compagnons et à la liberté.

Entre temps, j'avais dû rester à Régina jusqu'à l'issue des causes d'André Nault et d'Abraham Montour, causes qui ont viré en queue de poisson. Cette attente avait duré du 15 août au 31 octobre 1885, pendant que je logeais à la prison, mais non plus en prisonnier de guerre, mais comme l'hôte de notre souveraine en ma qualité de sujet toujours loyal!

Autant la période de mon incarcération comme prisonnier de guerre m'avait été pénible à supporter, autant celle de mon séjour comme hôte me fut agréable. Nous étions plusieurs à jouir de l'hospitalité de Sa Majesté, à cause de la pénurie de logement dans la jeune ville de Régina, où ce qu'il y avait de mieux était pris par les gens de robes, les juges, les avocats et les prêtres. J'en connaissais un certain nombre, dont le Père André que j'avais maintes fois rencontré dans mes courses à travers l'Ouest, et d'autres avec qui j'avais souvent l'occasion de tailler une bavette, quand ils étaient libres. N'étant plus confiné dans une cellule, je circulais comme bon me semblait, du moment que j'avais ma passe pour montrer au gardien de jour ou de nuit. Je servais de commissionnaire au Père André et j'aimais ça. N'étant plus catholique pratiquant, mais en souvenir de ma mère, à qui j'avais juré de ne jamais abandonner la religion, je m'efforçais de conserver le plus profond respect pour le prêtre. Surtout pour celui qui ne cherchait pas à me convertir, et le Père André était de cette sorte. Il aurait volontiers donné sa vie pour sauver une âme, mais il fallait qu'un homme fît sa part du chemin. Je vois maintenant que c'était la manière de m'avoir. . . et il m'a eu.

Le Père André et moi avions bien des choses en commun, et c'était pour moi le plus grand plaisir de le conduire en voiture. Il avait toujours un cheval bien à main, et la plupart du temps c'était moi qui tenais les cordeaux. Il connaissait très bien les Indiens et leurs coutumes, il aimait à causer des Cris et des Saulteux. C'est dans la langue de l'une ou de l'autre tribu que nous nous entretenions.

Bien que nos goûts fussent les mêmes, nous avions de grandes divergences d'opinion, mais je dois admettre que c'était souvent par plaisir d'astiner que je soutenais le contraire. Par exemple, sur l'insurrection de 1885, le Père soutenait que c'était Riel qui était responsable de tout; pas moi, même si j'étais d'opinion opposée à l'ancien fondateur du gouvernement provisoire de la Rivière-Rouge. Je n'ai jamais compris comment un homme, quel qu'il soit, puisse admettre la légitimité de 1870 sans admettre 1885.

Chaque matin, le Père André recevait au moins un écrit de la main de Riel, et c'est moi-même la plupart du temps, qui le lui transmettais. Riel était déjà condamné, il attendait son exécution. Il passait beaucoup de son temps à écrire. Le missionnaire insistait pour que le chef métis écrivit sous l'empire de la folie dont beaucoup prétendaient qu'il souffrait. Moi, je ne l'ai jamais pensé fou, et pourtant, je n'hésite point à dire que je suis un de ceux qui ont vu Riel le plus fréquemment durant son séjour en prison. Je lui ai parlé certainement plus de cent fois et je ne me suis jamais douté qu'il eût quelque chose d'anormal. D'aucuns vous diraient qu'il s'était adonné à la superstition. J'admettrais plutôt qu'il jouissait d'un sixième sens, comme les anciens que j'ai rencontrés et connus et qui avaient vécu avec les Indiens. Mais, voulez-vous des exemples de ce que je veux dire?

Un de mes vieux camarades, qui avait longtemps vécu dans la prairie et qui avait fréquenté les Indiens, me disait un jour qu'il pressentait un malheur à brève échéance, lorsqu'il sentait son oeil trembler plusieurs fois par jour. Effectivement la chose arriva; une petite fille mourut. Coïncidence me direz-vous? Oui, peut-être, mais avant que cet homme en arrivât à une conclusion, pour ainsi dire infaillible, il en avait constaté souvent la justesse.

J'ai connu quelqu'un qui prédisait le décès d'un de ses parents sans qu'il eût d'autre présage qu'en rêve, il avait subi l'extraction d'une de ses dents. Et il ne manquait jamais son coup.

Une dame dont le mari se livrait de temps à autre à des excès de boisson me disait que chaque fois que son mari buvait et ce, même si ce dernier était en voyage à des centaines de milles de chez lui, elle commençait par sentir un point dans les reins et dans ce temps-là, elle était certaine de ce qui se passait.

Ces trois cas et d'autres, que je vous ai racontés au cours de mes souvenirs, sont pour moi des faits entre des centaines dont j'ai été témoin. Appelez ça de la superstition ou tout ce que vous voudrez!

Pour revenir à l'effet que la grande vie des plaines avait sur nous, j'ai souvent pensé qu'en plus de l'intuition, notre mentalité était marquée par la superstition. Si les gens qui ont été élevés dans la légende et la superstition n'en sont point restés affectés, personne ne me convaincra qu'ils n'en ont point gardé une prédisposition, surtout s'ils sont éprouvés. Riel n'a pas dû faire exception à ceux dont la première formation a été entourée de la légende et de la tradition familiale. D'ailleurs il l'a laissé entendre dans un de ses discours à la cour durant son procès. A l'écouter dans ses élans d'éloquence, l'on sentait le mysticisme inspirer sa pensée.

Riel était très nerveux, impressionnable au plus haut degré, comme le sont généralement les idéalistes, désabusé de ne pouvoir réaliser les rêves qu'il avait entretenus pour les Métis. Enfin, pouvait-on affirmer que Riel était fou, quand des savants de la médecine avaient déclaré sous la foi du serment qu'il était responsable de ses actes? Pour moi, ceux qui avaient contribué, de loin ou de près, à établir la preuve de sa responsabilité légale, comme ceux qui l'ont pendu, n'avaient et n'ont plus le droit de la lui nier.

Une autre chose dont je suis certain pour l'avoir constaté de mes yeux: Riel n'a pas été responsable du massacre du Lac la Grenouille. Pour la discussion, admettons que sans l'insurrection, sans l'engagement du Lac aux Canards et sans celui de l'Anse aux Poissons, Gros-Ours et ses gens n'auraient jamais osé se soulever. C'est une affirmation pas mal risquée, comme aurait dit le Père André, n'importe, admettons que c'eût été le cas, ce serait fendre un cheveu en quatre! Peut-être, mais n'empêche que c'est ça. Un homme entre dans une taverne et se soûle. Pendant son ivresse, il tue quelqu'un. Les autorités civiles et religieuses diront que cela ne constitue pas un cas pendable. Elles vont s'efforcer de savoir s'il y a eu préméditation, et si l'acte a été posé par un homme responsable. N'est-ce pas?

Gros-Ours était un chef cris qui, durant nombre d'années, ne voulait pas accepter le traité, parce qu'il n'avait aucune confiance dans la parole des gouvernements. Avant de s'engager, il s'était baladé avec sa bande pour étudier à fond le pour et le contre du traité. Il avait parcouru presque tout le Nord-Ouest canadien, une partie du Montana, des Dakotas et que sais-je encore! Il avait rencontré, surtout chez les Sioux, des chefs qui regrettaient d'avoir adopté le traité et d'autres qui l'avaient accepté pour le rejeter ensuite. Gros-Ours n'était pas seul à conclure que c'était folie d'ajouter foi aux promesses du blanc. Les guerres des Sioux contre les Américains de 1862 à 1882, sinon celles d'après, n'étaient-elles pas une conséquence directe du mensonge des gouvernements?

Et au Canada, n'était-ce pas la même chose que ce qui se passait aux Etats-Unis? Certainement, les blancs étaient tous partout pareils. Voyez ce qui se passait dans les réserves : les agents, qui savaient faire jouer le tour du bâton, s'enrichissaient en manipulant les annuités et les rations de provisions destinées aux Indiens qui avaient signé le traité. Les Métis eux-mêmes, qui avaient des chefs qui savaient lire, s'étaient fait prendre aux promesses des blancs et, se demandait Gros-Ours, était-il si sûr que le clergé, sous sa robe noire, n'était pas resté blanc?

C'est à quoi songeait Gros-Ours dans l'atmosphère emboucanée de son wigwam. Pendant son parcours, il s'était entouré d'un certain nombre de sous-chefs malcontents. Plusieurs étaient des Cris des Bois, mais en leur qualité de chefs, ils faisaient partie de son conseil. C'est pour cette raison qu'il convient de dire que les responsables du massacre ont été Ayimissis et Esprit-Errant.

Incapable de se réfugier avec sa bande en territoire américain, Gros-Ours avait fini par accepter le traité avec le gouvernement canadien. Une réserve lui avait été assignée sur la rivière Croupe au Chien, un peu à l'ouest du Lac la Grenouille, sur le côté nord de la Saskatchewan. Ce dernier endroit n'étant pas prêt à être converti en terrain de réserve, Gros-Ours et sa bande avaient obtenu la permission de camper, entre temps, sur la rivière la Grenouille, où la Compagnie de la Baie d'Hudson avait un poste de traite dirigé par Jim Simpson, fils de l'ancien gouverneur de ce nom. Ce Simpson était assisté dans ses fonctions par William B. Cameron, le futur auteur du livre *The Trail of Big Bear*. Tom Quinn avait été agent de liaison entre le gouvernement et les Indiens, et George Delaney avait eu la tâche d'instruire les Indiens dans la science et la pratique de l'agriculture. Les Pères Oblats y avaient érigé une chapelle permanente sur fondation de pierre.

La région était en majeure partie couverte d'une épaisse tremblière, qui cachait un sol riche en végétations révolues.

Tom Quinn et George Delaney savaient d'expérience que cette terre, une fois débarrassée de la forêt, deviendrait en demande comme concessions gratuites, dès que les Indiens seraient déménagés à leur réserve. Ils complotèrent donc un plan de défrichement préparatoire à la prise de possession par les colons. Quelque fantastique que cela puisse paraître, ce fut dès lors le plan arrêté de Quinn et de Delaney tel que surpris dans certaines conversations avec leurs intimes, dont ils croyaient n'avoir pas à craindre les indiscrétions éventuelles.

Mais ce plan de Tom Quinn et de George Delaney était connu comme le nom de Barabbas l'est dans la Passion. A partir du jour où Quinn et Delaney eurent la certitude que le terrain sur lequel Gros-Ours et sa bande campaient, se donnerait en concessions gratuites, le martyre des Indiens commença. Ils ne pouvaient plus recevoir leurs rations sans les gagner en bûchant du bois. Cela provoqua leur indignation et, à trois ou quatre reprises, que je sache, ils tentèrent d'en tirer vengeance, mais les missionnaires intervenaient chaque fois pour les calmer, et l'admettaient ouvertement.

Le matin du 2 avril, le jour du massacre, j'ai dit aux Père Fafard et Marchand que si nous allions avoir du danger de la part des Indiens, c'était la faute de Tom Quinn et de George Delaney et pas d'autres. Nolin et moi-même avons traité les policiers de lâches parce qu'ils s'étaient sauvés au Fort Pitt au lieu de rester sur les lieux. Je n'étais pas là, mais des rapports nous sont parvenus de bonnes sources, ainsi qu'à Quinn et aux agents qui indiquaient de manière certaine qu'il y avait du danger dans l'air. Ils auraient pu facilement organiser une résistance. Nous étions assez de Métis et de blancs dans les alentours pour faire face au camp, sans compter que chacun de nous, Métis, avait des amis sur lesquels il pouvait compter. Mais au lieu d'agir, la police s'était sauvée, et une fois le train commencé, il était trop tard pour faire quoi que ce soit.

Je ne veux en rien me faire le défenseur de Riel, mais on ne peut critiquer ce dernier sans blâmer les Métis, sans accuser les blancs qui ont exploité les gens du pays, sans condamner la cupidité des employés du gouvernement et la négligence de la police montée. Victimes de la colère provoquée par les blancs, les Pères, s'ils ne sont pas morts pour leur foi, devraient être mis au rang des martyrs de la douceur et de la paix. Si la police montée en eût fait autant, la colère des Cris contre l'exploitation n'eût pas eu de lendemain. La justice, c'est la justice!

André Nault, Abraham Montour et moi-même ne furent pas les seuls à subir une longue détention sans procès. Après le massacre, Gros-Ours avait, à mon insu, envoyé un parti au Lac Froid pour aller chercher les Montagnais, les Métis et tous les gens qu'il avait là. Parmi ces derniers se trouvaient Abraham Montour et sa famille; Fitzpatrick, employé comme fermier du gouvernement; McDonald, qui était à la fois fermier et employé de magasin de la Baie d'Hudson; et une quarantaine de familles de Montagnais. Ceci ne fut établi que lorsque ces gens furent dans la prison de la Rivière Bataille, où la plupart durent rester tout l'hiver, pour n'être relâchés qu'au mois de mai 1886, après onze mois d'emprisonnement sans aucune accusation, ni procès.

A peine finie l'incarcération que m'avait value ma part involontaire à l'insurrection du Nord-Ouest, j'eus l'impression de m'éveiller d'un cauchemar, durant lequel j'avais perdu la notion du temps et de la suite des événements. Petit à petit, toutefois, à force d'efforts, je sentis revenir en moi l'état d'âme qui m'avait consterné, un an auparavant, quand j'avais aperçu la prairie veuve de ses troupeaux de buffalos, et le changement radical de toute l'économie de sa vie, état d'âme qui m'avait fait partir pour Batoche avec mon frère, et qui m'avait entraîné dans le tourbillon de l'insurrection.

A mesure que je me remettais, je craignais le retour de ce même état d'âme qui me rendait soucieux de l'avenir. Malgré tous les efforts que je faisais, je tombais dans la crainte et dans le découragement, quand un bon matin, le Père André vint m'informer qu'il avait appris de source certaine que ma présence à Régina ne serait pas requise pour longtemps. Dans l'occurence, cette nouvelle m'était on ne peut plus salutaire.

CHAPITRE XVIII

Je partis vers la fin d'octobre pour la Rivière Bataille, où j'allais faire l'acquisition de chevaux de choix et de grands traîneaux de charge doubles. Etant en lieux favorables, je ne manquai point de faire du frétage de la Rivière Bataille à Prince-Albert et vice-versa, entreprise qui me tint occupé jusqu'au printemps suivant. Le Père André devait me prévenir, sitôt que ma présence à Régina deviendrait impérative.

Au printemps, je profitai d'une accalmie pour aller faire une promenade à notre ancienne place de chantier, sur la petite rivière de l'Orignal, afin de revoir notre campe, où les gens de Gros-Ours étaient venus nous faire prisonniers. A mon retour, je me remis à fréter, mais cette fois ce fut entre Swift Current et la Rivière Bataille. Je faisais en même temps des voyages de tout acabit, qui m'ont tenu fort occupé, à l'année longue, et qui ne ralentirent point de 1886 à 1892. En 1892, je décidai d'abandonner le frétage pour m'engager dans les constructions du terrassement, ou comme on disait, du fascinage de chemin de fer. Pour m'outiller, je vendis mon équipement. La construction de chemin de fer était la grande entreprise du jour, et on offrait de bons contrats de travail entre Medecine Hat et Lethbridge, y compris leur voisinage.

Je commençai comme terrassier ferroviaire dans la région de Lethbridge, où j'entrepris aussi la construction d'un vélodrome. Revenu, vers les gelées, à Medecine Hat, je passai l'hiver chez un Saunderson, un ami, propriétaire de ranch, qui venait d'entreprendre un gros chargement de bestiaux. De là, j'allai confier mes chevaux à Sam Porter qui possédait un ranch à 15 milles de Lethbridge, puis je revêtis ma livrée de cowboy; je m'embauchai pour le rassemblement, travaillant surtout dans la région de McLeod et de Pincher Creek, où je pris part à un chargement de 4,000 bêtes à cornes, qui nous tenaient en selle depuis l'automne précédent, jusqu'en mars 1893.

A cette date-là, je me rendis compte un soir, que depuis une couple d'années je ne pouvais plus tenir en place. J'attribuai cette inconstance aux violents maux de tête dont je souffrais. Je me sentais bien sous tous les autres rapports, ne remarquant aucun changement chez moi.

Un matin que je m'ingéniais à maîtriser un *bronco* des plus récalcitrants, je fus fort humilié de me faire tasser contre le mur d'une grande étable. Durant toute cette matinée-là, je ne puis chasser cette hantise: "Comment se fait-il que je n'ai point vu l'étable avant d'arriver dessus?" La réponse ne devait, hélas, pas tarder. Pendant le repas du midi, nous étions une quinzaine de cowboys autour d'une table, quand je demandai à mon commensal de droite de me passer les patates. Moins d'une minute après, il me dit: "Voilà deux fois que je t'offre les patates, et tu n'en fais aucun cas, en veux-tu, oui ou non?" Je fus surpris, je n'avais certainement pas vu son offre.

Je portai ma main sur l'oeil gauche. Juste ciel! J'étais aveugle de l'oeil droit. Jugez si vous le pouvez de mon effarement. Aveugle! Aveugle!! Non, vous ne pouvez pas concevoir l'étendue d'un coup pareil! Aveugle!!! Sans laisser voir le moindre indice de mon affliction, je sortis, je sautai en selle et je m'en allai consulter le plus savant spécialiste connu. En effet, mon oeil droit était irrémédiablement perdu. L'oeil gauche pouvait encore durer quelques semaines, tout au plus un mois ou deux, mais il pouvait s'éteindre dans l'espace de quelques jours, suivant ma conduite et le travail auquel je vaquerais avec précaution.

J'étais donc voué tôt ou tard à la cécité complète. Tant pis, me dis-je, je n'ai plus qu'à choisir entre deux choses: me résigner à mon sort, ou me détruire tout de suite, avant d'être un embarras. La pensée de ma mère me revint en mémoire, et par ricochet, le souvenir du visage souriant tristement de Marguerite Bourbon. Je n'avais aucune idée où elle pouvait être, mais je me dis que si quelqu'un le savait, ce devait être le Père Lacombe.

Tant bien que mal, j'écrivis au Père Lacombe et je lui contai mon aventure ainsi que mes intentions d'avenir. Le célèbre apôtre des Pieds-Noirs avait pour théâtre d'activité une région comprise dans un rayon de moins de cent milles d'où j'étais.

Pour couper au plus court à une histoire inutilement longue à raconter, je n'eus qu'à me féliciter de m'être mis en rapport immédiat avec lui. De tous les hommes connus, il était le mieux situé, sinon le mieux qualifié, pour me venir en aide. Comme je m'y attendais, sans toutefois l'espérer, il était à mes côtés en moins d'une semaine, m'offrant l'assistance de son grand coeur et de sa grande âme. Dix jours durant, il ausculta jusqu'au moindre symptôme du mal, non pas tant physique que moral, dont j'étais, à mon insu, depuis longtemps atteint. Comme je ne devais point tarder à m'en rendre compte, c'était beaucoup mieux qu'un homme de science médicale. Personne, aussi savant soit-il, n'eût pu le faire avec autant d'efficacité.

Nous logions dans une espèce de clinique privée dont nous occupions chacun une des deux chambres contiguës, réservées à la clientèle spéciale, ce qui nous permettait d'être en tête-à-tête à coeur de jour et dans la plus parfaite tranquillité. D'ailleurs, nous nous entretenions presque exclusivement dans la langue crise, que personne d'autre que nous ne comprenait.

Sans me douter le moindrement de ce que ce vieux missionnaire perspicace, aux prises avec une âme récalcitrante comme l'était la mienne, recélait dans son esprit apostolique, je me laissais guider et je lui ai raconté tous les détails de ma vie aventurière.

L'avant-veille du dernier jour que nous devions passer ensemble, et sur le point de se retirer pour la nuit, le Père Lacombe me rappela qu'il se souvenait que j'avais servi la messe du Père Ritchot, et me demanda si je pouvais encore le faire. Ma réponse fut qu'avec un peu d'aide je le pourrais. Il me prévint qu'il tenait à ce que je serve sa messe le lendemain matin, et surtout à ce que je communie de sa main ce jour-là. J'eus beau vouloir protester que je n'étais pas suffisamment préparé, que pour me sentir bien à mon aise pour une occasion pareille ma conscience avait besoin d'un meilleur savonnage. Le Père avait réponse à tout, pas moyen de m'en tirer. Il me dit en souriant d'un air de bonté vraiment séraphique: "Mon cher Louis, il y a plus de huit jours que je te confesse, je connais parfaitement l'état de ta conscience dont je me charge, agenouille-toi, répète après moi ton acte de contrition, que je t'absolve." Je tombai à genoux et je fondis en larmes.

O! ce que je donnerais pour vous décrire ce qui se passait en moi! Si j'avais été mis au choix entre la guérison de la cécité qui me menaçait et le sentiment qui me transportait à ce moment-là, je suis certain que j'aurais opté pour le second. Tant il est vrai que le bonheur n'est pas un phénomène physique mais une disposition morale. Dire que dix jours auparavant, je songeais à me suicider de désespoir. Oui! qu'est-ce qui m'avait empêché de me précipiter au fond de l'abîme? Ma mère, sans doute, et celle qu'elle avait mise sur le chemin de ma vie pour la remplacer à l'heure du danger, Marguerite Bourbon.

Inutile d'ajouter que je ne dormis point un seul instant cette nuit-là. Mes yeux moribonds, mais non taris, coulèrent abondamment à chaque pensée des tentations auxquelles je venais d'échapper. Chose étonnante, cependant, il ne me vint pas une seule pensée de tristesse, oubliant mon infirmité prochaine.

Le lendemain matin à six heures, le Père Lacombe célébra la sainte messe dans sa chambre, et grâce à sa sympathique assistance, je réussis à la lui servir. J'eus la grande joie de recevoir la divine communion, après m'en être abstenue près de vingt ans, soit dit à ma honte et à mon profond regret. La joie de m'être réconcilié avec Dieu, que j'avais oublié pendant si longtemps, était trop intense et trop sacrée pour que je me permette, même aujourd'hui, d'en dire davantage. D'ailleurs, même si je le voulais, j'en serais tout à fait incapable. Tout ce que je pourrais dire serait un grand merci à Dieu, qui m'a ouvert les bras pour me pardonner et me recevoir!

Durant sa visite de dix jours à la clinique de Lethbridge le Père m'avait enseigné mes prières à nouveau, avec supplique de les réciter chaque jour ainsi que le chapelet. Je lui avais promis de suivre ses conseils à la lettre, et j'ai tenu parole.

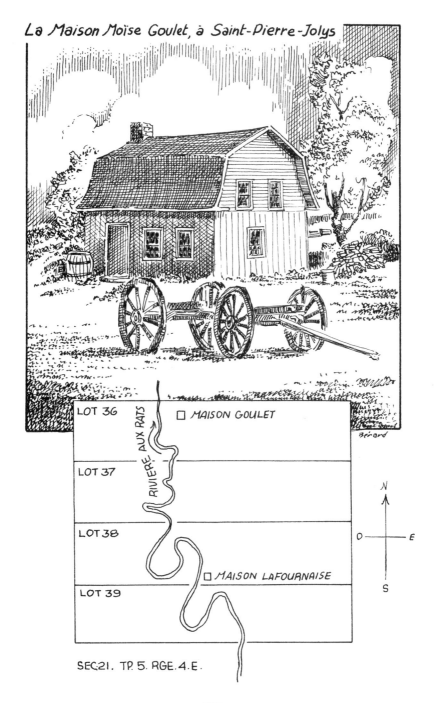

La Maison Moïse Goulet, à Saint-Pierre-Jolys

LOT 36   □ MAISON GOULET

Bérard

RIVIÈRE AUX RATS

LOT 37

LOT 38

□ MAISON LAFOURNAISE

LOT 39

N

O——E

S

SEC.21. TP. 5. RGE. 4. E.

Quelques heures plus tard, le Père Lacombe me disait un affectueux adieu. Je ne devais le revoir que dix ans plus tard quand il vint me visiter à l'hôpital des incurables de Portage-la-Prairie; dix ans après mon retour mémorable à la sainte table et dans le giron de l'Eglise.

Le Père Lacombe parti, contrairement à ce que je craignais, je ne me sentis point plongé dans la solitude morale à laquelle je m'attendais, une fois livré à moi-même. J'eus à peine le temps de me demander ce que je devais faire que mon souvenir, sembla me répondre: "Quand tu seras embarrassé de ne pas savoir quoi faire, dis un chapelet." Mon Dieu! je n'avais pas prié depuis si longtemps! N'importe, me dis-je, n'ai-je point promis au Père de le réciter chaque jour? Je récitai mon chapelet, cela me fit un bien immense!

Réconforté, j'eus tout de suite la pensée d'examiner ma situation dans l'espoir d'y voir clair, même si j'étais en train de perdre la vue. Je me dis qu'après tout, je n'étais sûr que de l'opinion d'un seul médecin, que je n'avais point vu d'autres spécialistes. Je décidai de faire de l'argent sonnant de toutes mes ressources, d'en épuiser leur prix s'il le fallait, mais de me fixer au-delà de tout doute, au sujet de la possibilité de recouvrer la vue.

Plus de trois ans auparavant, j'avais loué une grande écurie qui était en vente par suite de saisie, et j'avais constaté qu'avec la direction que j'étais capable de lui donner, je pouvais en faire un succès. Quelques mois après, j'en avais fait l'acquisition et j'avais une affaire d'or en main. Je commençai par vendre ce commerce-là, puis je vendis tout le reste au fur et à mesure que je trouvais un prix raisonnable. Quand j'eus tout vendu, je me trouvais en possession de 12,000 piastres et pas un seul sou de dette.

Pour rapailler toute ma richesse et en disposer brin par brin, j'avais fait le tour de tous mes vieux ravages: McLeod, la montagne de Bois, la rivière Blanche, la montagne Cyprès, Pincher Creek, Calgary, la rivière Bataille, Régina, et le reste. J'avais consulté tous les spécialistes de l'Ouest. Presque tous m'avaient conseillé de travailler au grand air mais non de me forcer, de le faire le moins possible. Pour prolonger la durée de mes économies et me distraire, j'allai travailler sur les ranches. Je travaillais surtout pour la compagnie Cochrane, qui avait son pied à terre à 30 milles à l'ouest de McLeod. Quand je n'étais pas là, je me tenais à Pincher Creek pour être à la main du spécialiste Highwood, beau-frère du colonel Steele, et sur l'avis de ce dernier, je me mis entre les mains du Dr Newburn de Lethbridge, une autorité du temps qui, à son tour, confia mon cas au Dr Calder, un autre spécialiste. Le Dr Calder me mit à l'hôpital, où je restai sept mois avant que l'on trouve mon cas incurable. Il me restait encore, 10,000 piastres. J'allai me confier aux docteurs Good et Bell de Winnipeg, qui me mirent à l'hôpital général de Winnipeg pour trois mois. De là, mon frère Moïse de Saint-Pierre vint me chercher pour rester chez lui tant que je le désirerais. Deux ans plus tard, ne voulant plus être à la charge de qui que ce soit, je sollicitai mon entrée à l'hospice des incurables de Portage-la-Prairie, sur la recommandation du Dr Chesner, qui me soignait de là depuis trois mois. Le premier octobre 1900, j'étais admis, et après trente ans, j'y suis encore.

Depuis près de quarante ans, donc, que je demande à la science de me rendre la vue et je suis toujours dans les ténèbres; seul un prêtre m'a rendu la lumière avec l'aide de Dieu, qui m'ôta l'usage des yeux pour que je voie clair!

Quand j'allais voir les filles, il était une coutume au pays de la Rivière-Rouge qui voulait que toute chanson finisse par la formule de rigueur: "Excusez-la!" La mienne est finie, excusez-la.

TABLE DES ILLUSTRATIONS

TABLE DES MATIERES

$\frac{4}{5} \times 8$

32   $\underline{\quad\quad}$
20   6,4

$\underline{6,4}$
  5
32

8
$\underline{6, \quad 4}$
1,   6